KB055739

02

Author
쿠마노 겐코츠

Illustration
나모나시

마왕과 용왕에게
단련 받은 소년은

The Boy trained by the Demon King and the Dragon King,
shows absolute power in school life

학교에서
무쌍
한 모양입니다

흡혈귀
아이리스

"루이샤 님을 모시는 건 저의 의무.
그쪽이야말로 포기하시죠."

용사의 후예
샤를롯테

"왜 너까지 따라오는 건데!
방해하지 마."

전 마을 사람인 마룡사
루이샤

"죄송하지만,
그 부탁은
들어드릴 수 없을 것 같네요……♥"

The Boy trained by
the Demon King and the Dragon King,
shows absolute power
in school life

02

CONTENTS

마왕과 용왕에게
단련 받은 소년은

The Boy trained by the Demon King and the Dragon King,
shows absolute power in school life

학교에서

무쌍한 모양입니다

02

Author

쿠마노겐코츠

Illustration

나모나시

왕도 엑사도리아의 정문 앞.

오늘도 이곳은 왕도를 드나들려는 사람들로 장사진을 이루고 있었다.

"한 줄로 나란히 서 주십시오!"

그렇게 외치며 행렬을 정돈하는 문지기의 이름은 카를로스 몬. 올해로 20년 차인 베테랑 문지기다. 저번 달에 첫 손주를 봐서 그런지 의욕이 대단했다.

마흔을 넘긴 나이로 보이지 않을 만큼 날렵한 움직임으로 입도 절차를 진행해 나갔다.

"자, 다음⋯⋯. 응?"

지금까지 빠릿빠릿하게 업무를 보던 카를로스의 움직임이 갑자기 뚝 멈추었다. 눈앞에 선 이상한 차림새의 인물 때문이었다.

"크흠, 왜 그러지?"

그 인물이 떨떠름한 목소리로 카를로스에게 물었다.

그는 발목까지 내려오는 동방의 의상과, 머리에 쓴 납작한 삿갓. 허리에는 2m에 달하는 장검을 차고 있었다. 흔히 사무라이라 불리는 검사들의 복장이었다.

사무라이는 상당히 희귀한 직종이다. 카를로스도 알고만 있었을 뿐, 직접 보는 것은 처음이었다.

"아, 아아. 미안하네. 사무라이를 보는 게 처음이라. 입국 증명

11

서를 보여주겠나?"

"입국 증명서? 국경을 넘을 때 관문에서 보여줬다만, 다시 보여줘야 하는가?"

"요즘은 관문을 우회해서 들어오는 녀석들이 많아서 왕도에 진입할 때도 일일이 확인하고 있어. 미안하네."

"후, 그렇다면 어쩔 수 없지."

사무라이는 품속에서 입국 증명서를 꺼내 카를로스에게 보여주었다.

"입국 증명서가 확실하군. 지나가도 좋아. 그런데 사무라이가 왕도에는 무슨 일이지?"

카를로스가 문득 생각났다는 듯이 물었다. 사무라이가 여기까지 온 것이 신경 쓰인 모양이었다. 그러자 사무라이는 난감해하며 대답했다.

"무슨 일이라……. 말 그대로 일을 하러 온 걸세."

사무라이는 그 말을 마지막으로 왕도에 발을 들였다. 자신에게 주어진 사명을 완수하기 위해서.

"좋은 아침!"

흑발의 소년이 교실 문을 열면서 외쳤다. 그러자 교실에 있던 학생들이 큰 소리로 소년을 반겨주었다.

"왔구나, 루이샤. 오늘도 잘 부탁한다!"

"좋은 아침, 루이샤. 내 말 좀 들어봐. 또 반이 사고를 쳤어."

"어이, 치샤! 말하지 않기로 약속했잖아!"

다들 만난 지 한 달밖에 지나지 않았건만 오랜 친구처럼 가까운 관계가 되어있었다.

하지만 한 명만은 예외였다.

"…………."

홀로 창밖을 바라보고 있는 소녀의 이름은 아이리스. 등까지 내려오는 화려한 금발에 빨갛고 예쁜 눈동자가 특징인 미소녀였다. 신장이 루이샤보다 크고, 풍만한 가슴과 늘씬한 허리와 팔다리를 갖고 있다. 인위적으로 만들었다고 느껴질 정도로 완벽한 체형의 소유자였다.

그런 그녀가 의자에 앉아 창밖을 바라보는 모습은 다소 신비롭게 느껴져 다가가기 어려운 분위기가 있었다. 초반에는 Z반의 학생들이 꾸준히 말을 걸었지만, 그 누구도 아이리스의 무거운 침묵을 깨기란 불가능했다.

하지만 몇 번을 무시당해도 포기하지 않는 학생이 한 명 있었다.

"저, 잠깐 괜찮을까요……?"

조심스레 아이리스에게 말을 건 것은 하얀 로브를 걸친 여학생이었다.

그녀의 이름은 로나. 크고 동그란 눈과 갈색의 단발머리가 인상적인 귀여운 소녀로, 성격이 착해서 누구에게나 상냥하게 대한다.

별종들의 소굴인 Z반 안에서는 그야말로 사막의 오아시스 같은 학생이었다.

이미 Z반 대부분과 친구가 된 로나는 아이리스와도 친구가 되고자 매일같이 말을 걸고 있었다. 하지만 이렇다 할 성과는 없었다.

"저기…… 아이리스?"

"…………."

아이리스는 여전히 창밖만 바라볼 뿐 고개를 돌릴 기미가 없었다. 감탄이 나올 만큼 완벽한 무시였다. 아이리스에게 말을 걸었던 학생들은 전부 이 장벽에 가로막혀 침몰했다. 그러나 로나는 쉽게 물러나지 않았다.

"아이리스는 뭘 좋아하나요? 있다면 가르쳐 주세요."

"……참 끈질기시군요. 노골적으로 무시당하는데 기분 나쁘지도 않은가요?"

"와! 드디어 대답해 줬다! 기뻐라."

"……말이 안 통하는군요."

아이리스가 질렸다는 듯이 내뱉었다.

두 사람의 모습을 지켜보고 있던 루이샤는 미간을 찌푸리며 중얼거렸다.

"으음. 로나도 벽을 넘을 수 없었나."

루이샤는 모처럼 같은 반이 되었으니 다 같이 사이좋게 지내고 싶었다. 처음에는 험악한 태도를 보였던 볼프와도 함께 사건을 헤쳐나가면서 친해졌다. 분명 아이리스와도 가까워질 수 있을 것이다.

"뭔가 계기가 있다면 좋을 텐데……."

이후에도 로나는 계속해서 아이리스에게 말을 걸었지만, 오늘도 결국 아이리스로부터 대답을 듣지 못했다.

루이샤가 처음으로 이변을 감지한 것은 방과 후 와이즈 패롯인 패로무와 놀고 있을 때였다.

"……응?"

누군가의 시선을 느끼고 뒤를 돌아보았지만 바람에 흔들리는 나무가 있을 뿐, 사람의 기척은 없었다.

"기분 탓인가? 패로무는 아무것도 못 느꼈어?"

루이샤가 묻자 패로무는 "꾸엑?" 하고 고개를 갸웃했다. 아무것도 느끼지 못한 모양이었다.

"흐음. 뭐, 모르면 신경 쓴들 어쩔 도리가 없지. 계속하자."

루이샤는 그렇게 말하며 패로무의 전방으로 프리스비를 여럿 던졌다. 그러자 패로무가 커다란 날개를 펼치고 날아올라 프리스비를 쫓았다.

"패로무! 윈드!"

"꾸엑!"

패로무가 루이샤의 지시에 따라 날갯짓했다. 그러자 회오리바람이 일어 프리스비를 하나둘씩 격추했다.

"전부 명중! 굉장한걸, 파로무!"

"꾸엑♪"

칭찬을 들은 파로무는 기뻐하며 루이샤에게 자신의 머리를 비벼댔다.

파로무는 도적단에 붙잡혀 얼마 전까지 차갑고 깜깜한 우리에 갇혀 지내고 있었는데, 루이샤가 파로무를 구해준 뒤로는 그를 무척 따랐다.

"하하, 알았어. 쓰다듬어 주면 되잖아."

루이샤는 응석을 부리는 파로무의 머리를 거칠게 쓰다듬었다.

그러자 파로무는 "뀨우~" 하고 귀여운 울음소리를 냈다. 몸집이 다소 크지만 파로무의 나이는 아직 네 살이다. 한창 어리광을 부리고 싶어 할 나이다.

루이샤는 파로무를 쓰다듬으면서 방금 느꼈던 시선에 대해 생각했다.

평범한 시선이 아니었다. 살의라고 해도 좋을 만큼 강한 증오가 담겨 있었다. 대체 누구였을까……?

이날 이후로 루이샤는 이 불편한 시선에 시달리기 시작했다.

처음으로 시선을 느낀 지 사흘째 되는 날.

루이샤는 지친 모습으로 책상에 엎드려 있었다.

그러자 그의 옆자리에 앉은 소녀, 샤로가 걱정스러운 얼굴로 그에게 말을 걸었다.

"왜 그래, 루이? 어제 제대로 못 잤어?"

"뭐, 최근에 문제가 좀 있어서⋯⋯."

물론, 이건 며칠 전부터 느껴지는 시선을 두고 하는 말이었다.

이 정체불명의 시선은 그날 이후로 때와 장소를 가리지 않고 루이샤를 따라다녔다. 밖을 걸을 때, 방에 있을 때, 학교에 있을 때.

하지만 막상 루이샤가 고개를 돌리면 마치 아무 일 없다는 듯 기척이 사라졌다. 현재로서는 시선이 느껴져서 불편한 것 말고는 별다른 문제가 없지만, 루이샤의 정신은 나날이 마모되어 가고 있었다.

"곤란한 일이 있으면 말해. 도와줄 테니까."

"아니, 괜찮아. 조만간 결판을 낼 생각이거든."

"그래? 뭐, 루이가 그렇게 말한다면야."

루이샤를 신뢰하는 샤로는 그걸로 걱정을 끊고 수업 준비를 시작했다. 루이샤는 샤로의 이런 시원스러운 성격이 좋았다.

"나도 수업 준비나 해야겠다."

그렇게 말하며 책상 안으로 손을 뻗은 순간, 루이샤는 또다시 그 불쾌한 시선을 느꼈다.

"⋯⋯!"

황급히 고개를 돌리는 루이샤. 하지만 그곳에는 낯익은 친구들의 모습밖에 없었다.

점점 더 수상해져만 가는 시선의 정체.

하지만 루이샤는 조급해하지 않았다.

"……누구인지는 모르겠지만, 다음은 없을 거야."

루이샤는 아직 본 적도 없는 시선의 주인을 향해 조용히 선전포고했다.

같은 날 방과 후.

루이샤는 혼자서 왕도 밖으로 나와 있었다.

정확히 말하면 왕도에서 도보로 20분 정도 떨어진 숲에 들어와 있었다.

'……좋아. 쫓아오고 있는 모양이네.'

자신의 뒤에서 자신을 뒤쫓는 인기척이 느껴졌다.

기척은 단 하나. 추적자는 루이샤로부터 상당히 거리를 벌리고 있었으며, 마력까지 억누르고 있었다. 웬만한 사람이라면 기척을 알아채지 못했을 테지만 '기'를 탐지할 수 있는 루이샤는 달랐다.

"이쯤이면 되려나?"

숲속에 들어서고 몇 분.

작은 공터를 발견한 루이샤가 걸음을 멈추었다. 그러고는 근처에 떨어져 있던 나무 막대기를 주워 바닥에 뭔가를 그리기 시작했다.

"룰루루 ♪"

콧노래를 흥얼거리며 공터에 복잡한 문양을 그리는 루이샤.

그렇게 2분이 지나, 루이샤가 그리던 문양이 특별한 의미를 갖기 시작했다. 바로 마법진이었다.

마법진은 동그란 원 안에 오망성을 그리고, 그 주위에 고대어를 넣어 완성된다.

마법진은 크게 두 가지 효과가 있다. 하나는 마법을 증폭시키는 효과로, 마력 소모량을 조금 줄이거나, 마법의 성능을 약간 강화해준다. 다만 한 번 쓰면 마법진이 사라지기 때문에 번거로워서 잘 쓰이지 않는다.

또 다른 효과는 결계의 안정화다. 마법진을 사용하는 주목적은 바로 이 두 번째 효과다. 마법진 없이도 '결계 마법'을 사용할 수는 있지만, 안정성이 하늘과 땅 차이다. 그래서 '결계'와 '마법진'은 한 묶음으로 쓰는 게 보통이다. 루이샤가 마법진을 만든 것도 바로 이 때문이었다.

"됐다. 마법진 발동!"

루이샤가 바닥에 손을 짚고 마력을 흘려 넣자, 마법진이 빛나기 시작했다. 무사히 발동에 성공했다는 증거다.

"……이런!"

루이샤를 쫓아오던 정체불명의 인물이 크게 당황했다. 마법진을 보고 자신이 루이샤의 함정에 빠졌다는 사실을 깨달은 것이다.

그 인물은 황급히 달아나려 했지만, 루이샤는 그를 놓칠 생각이 없었다.

"암흑 결계 마법…… 새장!"

결계 마법이 발동하자 바닥에서 마법진을 따라 검은색 쇠기둥이 여럿 솟아나 위로 뻗어나갔다. 쇠기둥들은 이윽고 머리 위에서 모여들어 거대한 새장 같은 감옥을 만들었다.

"윽! 이런 결계쯤은!"

추적자는 필사적으로 탈출을 시도했지만, 결계는 흠집조차 나지 않았다.

이 새장은 마왕 테스타롯사로부터 직접 배운 마법이니 당연했다. 특수한 효과는 없지만 튼튼하기로는 따라올 마법이 없었다.

"드디어 만났네."

루이샤는 결계에 갇혀버린 인물을 향해 다가갔다.

"도대체 왜 날…… 어?"

추적자의 얼굴을 본 루이샤가 얼빠진 소리를 냈다.

왜냐하면 루이샤가 잘 아는 인물이었기 때문이다. 아니, 아는 정도가 아니었다. 루이샤와 같은 반의 학생이었다.

"왜 네가……?"

그녀…… 아이리스 폰데르센은 날카로운 시선으로 루이샤를 노려보았다. 이미 살의를 숨길 생각조차 없어 보였다.

황금색으로 빛나는 아름다운 머리카락, 루비처럼 투명한 붉은색의 눈동자. 모두가 시선을 빼앗길 정도의 미모. 루이샤가 유일하게 친해지지 못한 Z반의 학생.

"설마 붙잡힐 줄은……. 역시 당신은 위험한 존재군요. 예의주시한 게 정답이었어요."

아이리스의 시선에 섞인 심상찮은 살기에 루이샤는 위기감을 느꼈다.

"자, 잠깐! 왜 나랑 싸우려 하는 건데?!"

루이샤는 도무지 이해할 수가 없었다. 루이샤는 고작 그녀에게 말을 몇 번 걸어봤을 뿐, 그마저도 전부 무시당했다. 자신이 원망받는 이유를 도통 알 수가 없었다.

"문답무용. 제 주인의 원수를 갚도록 하겠어요."

싸늘한 목소리로 내뱉은 아이리스는 루이샤를 향해 무시무시한 속도로 다가와 돌려차기를 시도했다. 아이리스의 발이 루이샤의 머리를 향해 날아들었지만, 이런 사태를 미리 경계한 루이샤는 오른팔에 기공을 둘러 막아냈다. 경화된 루이샤의 팔은 검도 막아낼 수 있다.

"크윽……!"

하지만 루이샤는 뜻밖에도 오른팔에 강한 통증을 느꼈다.

예상 밖의 결과에 루이샤가 당황하자 아이리스가 그 틈을 파고들었다.

"블러드 엣지!"

아이리스의 손끝에서 무언가가 발사되었다. 응고된 피로 만들어진 초승달 모양의 붉은 칼날이었다. 미처 피하지 못한 루이샤는 그대로 튕겨 날아가 나무에 격돌했다.

아이리스의 마법은 바위도 손쉽게 두 동강 내버릴 수 있다. 평범한 사람이 맞으면 치명상을 피할 수 없었다.

자신의 승리를 확신한 아이리스는 조용히 웃었다.

"원수를 갚았습니다, 주인님……."

아이리스는 그대로 몸을 돌려 돌아가려고 했다. 그러나 루이샤는 평범한 사람이 아니다.

"아야야……. 정말 가차 없네. 아직도 팔이 욱신거려."

"어, 어떻게 멀쩡한 거죠?!"

천연덕스러운 표정으로 몸을 일으키는 루이샤를 보고 아이리스가 경악했다. 상당히 놀랐는지 이마에서 식은땀이 새어 나왔다.

"설마 혈액으로 공격할 줄이야. 자신의 피를 대가로 더 강한 위력을 내는 마법이지? 희귀하다고 들었는데, 어디서 배웠어?"

"……당신한테 가르쳐 드릴 건 아무것도 없어요."

매몰차게 대꾸한 아이리스는 아까보다 더욱 거대한 마법을 준비했다.

"이번에야말로 끝내드리죠. 블러드 라지 사이스!"

다시금 아이리스의 손끝에서 피가 뿜어져 나와 2m에 달하는 낫으로 변하더니, 곧장 루이샤를 향해 날아들었다.

"하아앗!"

아이리스의 초인적인 신체 능력과 낫의 긴 사정거리가 어우러져 날카로운 참격의 비가 쏟아져 내렸다. 하지만 루이샤의 눈에는 이미 아이리스의 움직임이 선명하게 보이고 있었다.

"크으……! 어째서 맞질 않지?!"

혼신의 공격이 전부 빗나가자 아이리스는 이를 갈며 거리를 벌렸다.

"과연……. 주인님을 해할 만큼의 실력은 있다는 건가요. 하지만 제 모든 힘을 써서라도 당신을 물리치겠습니다."

루이샤를 노려보는 아이리스의 눈동자에 더욱 짙은 살기가 서렸다.

마치 부모의 원수라도 보는 듯한 눈이었다. 루이샤는 황당할 따름이었다. 여전히 짐작 가는 이유가 없다.

"기다려! 난 모르는 이야기야! 네 주인이 대체 누구인데?!"

"뻔뻔하게 잘도 그런 말이 나오는군요! 끝까지 모른 척할 생각인가요? 좋습니다. 그렇다면 제가 직접 당신의 죄를 가르쳐드리죠."

아이리스는 "어흠!" 하고 헛기침을 한 다음 자신이 가장 존경하는 인물의 이름을 댔다.

"제 주인은 마왕── '테스타롯사 S 노덴스'입니다."

놀랍게도 루이샤가 굉장히 잘 아는 사람이었다.

"뭐? 테스 누──크흠, 마왕?"

생각지도 못한 전개에 루이샤는 혼란에 빠졌다.

루이샤가 마왕의 원수일 리가 없다. 오히려 루이샤에게 마왕 테스타롯사는 가족이나 다름없는 특별한 존재다. 애초에 테스타롯사는 여전히 살아 있으니 원수를 갚을 이유도 없다. 물론, 세간에는 죽었다고 알려지긴 했지만, 그건 용사가 토벌했다고 되어있을 터……. 어째서 눈앞의 소녀는 루이샤가 마왕을 쓰러트렸다고 여기는 것일까? 루이샤의 머릿속은 패닉 상태였다.

"……어째서 내가 마왕을 쓰러트렸다고 생각하는 거야?"

"간단하죠. 당신한테서 미약하게나마 마왕님의 마력을 느꼈기 때문이에요."

아이리스의 말을 듣고 루이샤는 몸을 움찔했다.

실제로 루이샤의 몸에는 마왕 테스타롯사의 마력이 섞여 있다.

이는 테스타롯사가 300년이라는 오랜 시간에 걸쳐 루이샤에게 마력을 주입한 성과였다. 덕분에 루이샤는 원래 마족밖에 사용할 수 없는 암흑 마법을 사용할 수 있게 되었다.

당시 테스타롯사는 "내 마력은 아주 조금밖에 없으니까 아마 들키지 않을 거야"라고 말했지만, 이렇게 보란 듯이 눈앞의 소녀에게 간파당하고 말았다.

"교묘히 숨겨 놓았으니 다른 사람들은 아무것도 모르고 넘어갔 겠지요. 하지만 제 눈을 속일 수는 없어요."

아이리스는 그렇게 말하며 자신의 새빨간 눈동자를 가리켰다.

자세히 보니 그 눈동자에는 육망성이 새겨져 있었다. 더불어 강한 마력을 띠고 있었다.

"설마, 마안……?!"

"잘 아시는군요. 제게 진실을 숨겨봤자 소용없습니다."

마안이란 마력을 시각적으로 볼 수 있는 특수한 힘이다. 마안 보유자들은 마력의 형태와 크기, 색상 등을 눈으로 보고 상대방이 사용하는 마법 속성이나 마력의 잔량 등을 분석할 수 있다.

아이리스는 이 마안으로 루이샤의 몸에 섞인 마왕의 마력을 판별했다.

"당신을 입학시험에서 처음 봤을 때는 알아채지 못했습니다만, 당신이 암흑 마법을 사용한 순간 마왕님의 마력이 느껴지더군요."

"아차~ 그때인가……."

당시, 루이샤는 샤로의 치태를 감추기 위해서 암흑 마법인 '어둠의 장막'을 사용했다.

"이거 정말 뜻밖인데. 초인적인 신체 능력이며 흡혈 마법에 마안까지……. 너 대체 정체가 뭐야?"

루이샤가 묻자 아이리스는 자랑스럽게 대답했다.

"저는, 아니, 저희 일족은 위대한 마왕님을 섬기는 자들."

불현듯 아이리스의 등에서 박쥐처럼 생긴 날개가 돋아나더니 활짝 펼쳐졌다.

치마 밑에서 끝부분이 뾰족한 꼬리가 삐져나오고, 입술 사이에서 예리한 송곳니가 모습을 드러냈다.

"제 이름은 아이리스 V 폰데르센……. 흡혈귀입니다."

아이리스는 송곳니를 과시하듯 요염하게 미소 지어 보였다.

──흡혈귀.

강대한 마력을 가진 마족 사이에서도 특출난 '상위 마족'으로, 신체 능력과 마력이 다른 마족들에 비해 뛰어나지만, 평범한 마족보다 아이를 얻기 힘든 탓에 인구가 매년 줄어들고 있다. 다만 아이리스의 미들네임을 보아하니, 그 흡혈귀 중에서도 명문가 출신인 듯했다.

그리고 흡혈귀는 눈에 띄기를 싫어하기에 자신의 이름을 밝히는 건 특별한 의미가 있다.

"설마 흡혈귀가 주변에 있을 줄이야. 놀랐어."

"흡혈귀 일족은 희소하단 이유로 사냥을 당했습니다. 그야말로 멸족의 위기에 처해 있었지요. 그때 저희를 구해주신 것이 바로 테스타롯사 님입니다. 저희는 마왕님의 하해와 같은 자비심에 감복해 충실한 종이 되었습니다. 마왕님께서 자취를 감추신 뒤에는 아직 살아계실 것이라 믿고 흔적을 찾아다니고 있죠."

"그랬구나……."

루이샤는 흡혈귀 일족이 300년간 만나지 못할 테스타롯사를 찾아다녔다는 이야기를 듣고 안타까움을 느꼈지만, 한편으로는 아직 이 세계에 테스타롯사를 소중히 여기는 사람이 남아있다는 사실이 기쁘기도 했다. 오랜 세월이 지난 지금도 테스타롯사는 외톨이가 아니었다.

"저는 왕도에서 마왕님에 관한 정보를 수집하고 있었습니다. 그리고 제 앞에 당신이 나타났지요. 하지만 평범한 인간이 마왕님의 마력을 지녔을 리 없습니다. 즉, 당신이야말로 마왕님의 원수!"

"너무 비약했잖아!"

"아니요! 타인의 마력을 빼앗는 방법은 단 두 가지. 오랜 시간을 들여서 마력을 나눠 받거나 상대의 목숨을 빼앗아 힘을 흡수하는 것뿐입니다. 하지만 수명이 짧은 인간에게 전자는 불가능하겠지요."

아니, 그 방법이 맞는데…… 하고 루이샤는 속으로 불평했지만, 굳이 말하지는 않았다. 어차피 지금 무한감옥에 대해서 털어놔 봤자 그녀는 믿지 않을 것이다.

"즉, 당신이 마왕님의 마력을 손에 넣으려면 필연적으로 힘을 흡수하는 능력을 써야만 합니다. 안 그런가요?"

아이리스가 진지한 얼굴로 빗나간 추리를 늘어놓았다.

"잘못 짚었어……."

"아직도 얼버무릴 심산인가요! 아무래도 이 이상의 대화는 시간 낭비 같군요."

아이리스가 대량의 마력을 자기 오른손에 집중시켰다. 분노와 살의가 듬뿍 담긴 불길한 마력이었다. 아무래도 진심으로 루이샤를 죽일 작정인 모양이었다.

이를 본 루이샤도 오른손에 마력을 모으기 시작했다.

"네 추리대로라면 화가 날 법도 해. 하지만 나도 이런 곳에서 죽을 수는 없어. 네 주인님을 구해야 하거든."

"무슨 영문도 모를 소리를! 됐으니까 그만 죽으세요! 하이 블러드 스피어!"

아이리스의 손바닥에서 대량의 혈액이 흘러나와 허공에서 모이더니 붉은색의 거대한 창이 되었다. 창은 고속으로 회전하더니 이윽고 루이샤를 향해 날아들었다.

"당신의 죄, 목숨으로 갚도록 하세요!"

아이리스의 나이를 생각하면 당연히 테스타롯사와 만난 적도 없을 테지만, 어릴 적부터 부모님과 동료 흡혈귀들에게 테스타롯사의 무용담과 공적을 들으며 자란 탓에 마왕을 향한 존경심은 일종의 신앙에 가까웠다. 그래서 마왕의 원수를 향한 증오심이 깊었고, 지금은 그 증오심이 마력으로 변환되어 마법에 힘을 더해주고 있었다.

한편 루이샤는 아이리스의 감정이 강하게 반영된 마법을 보고 탄성을 내질렀다.

"엄청난 마법인걸. 테스 누나를 얼마나 소중히 여기고 있는지 알 것 같아. ……하지만 테스 누나를 소중히 여기는 마음은 나도 지지 않아!"

루이샤는 체내에 잠든 테스타롯사의 마력을 오른손에 모아 마법을 연성했다. 테스타롯사가 애용하던 전설의 마법이다. 본래 마왕만이 다룬다고 알려진 마법이지만 루이샤는 무한감옥에서 본인에게 직접 물려받았다.

"죽어라!"

아이리스의 마법이 휘리리릭! 소리를 내면서 접근해 왔다. 하지만 루이샤는 침착했다.

자신의, 아니, 테스타롯사의 마법을 믿기에.

"이게 바로 마왕의 힘이야……! 마황섬!"

루이샤의 오른손에서 휘황찬란한 황금빛 광선이 발사되었다.

광선은 아이리스의 마법을 순식간에 집어삼켜 빛의 입자로 바꾸어버렸다.

테스타롯사가 만든 이 마법은 다른 마법을 상대할 때 진가를 발휘한다. 상대의 마법을 순식간에 분석하여 반대 파장을 만들어 상쇄시키는 것이다.

상쇄된 마법은 그대로 입자가 되어 소멸하므로 주변의 피해를 줄일 수 있다. 평화주의자인 테스타롯사다운 상냥한 마법이다.

"이럴 수가……! 이 마법은……!"

마황섬을 목격한 아이리스는 경악하여 주저앉았다. 오랫동안 마왕만이 쓸 수 있다고 배웠을 테니 놀랄 만도 했다.

설령 루이샤가 마왕을 죽여 마력을 빼앗았다 한들 마왕의 마법까지 모방할 수는 없다. 그렇다면 눈앞의 소년은 대체 무엇이란 말인가? 아이리스의 머릿속이 의문으로 가득 차버렸다.

"당신, 대체 정체가 뭔가요……?!"

아이리스는 전의를 상실하여 바닥에 주저앉은 아이리스에게 다가간 루이샤는 웅크려 앉아 그녀와 눈높이를 맞추었다.

"나는 마왕의 제자. 너와 마찬가지로 위대한 마왕님을 구하기 위해 애쓰고 있어."

루이샤는 어렵게 만난 동지를 향해 미소 지어 보였다.

루이샤는 냉정함을 되찾은 아이리스에게 자신이 알고 있는 사실을 전부 이야기했다.

테스타롯사가 살아있다는 것, 무한감옥에 봉인된 것, 용왕과 함께 있는 것, 자신이 그녀들과 300년 동안 같이 지낸 것, 두 사람을 구하기 위해서 용사의 유물을 찾고 있다는 것.

처음에는 반신반의하던 아이리스였지만 루이샤의 몸에 새겨진 '마룡사'의 문장을 보고서야 마침내 신용해 주었다.

"마, 마왕님께서 정말로 살아계실 줄이야……."

아이리스는 눈물을 뚝뚝 흘렸다. 일족의 오랜 노력이 보답을 받은 것이다. 아이리스가 느꼈을 감동은 짐작하기 어려웠다.

루이샤는 흘러넘치는 눈물을 필사적으로 훔치는 아이리스의 등을 상냥하게 쓰다듬어 주었다.

"……고맙습니다. 이제 괜찮아요."

비록 눈 밑이 붓기는 했지만, 이윽고 아이리스는 원래의 곱상한 얼굴로 되돌아왔다.

그제야 루이샤도 안심할 수 있었다.

"……죄송해요. 설령 몰랐다 하더라도 마왕님의 반려나 다름없는 당신의 목숨을 노린 것은 사실. 어떠한 처벌도 달게 받겠습니다."

아이리스는 그렇게 말하며 머리를 깊게 숙였다.

표정이 굉장히 어두웠다. 내버려 두면 스스로 목숨을 끊을 기세였다. 루이샤는 당황해서 그녀를 달랬다.

"돼, 됐어! 딱히 화가 난 것도 아닌걸!"

"하지만 이대로 그냥 넘어갈 수는……."

"테스 누나를 구하려면 우리가 힘을 합쳐야 하잖아. 벌이나 받고 있을 여유는 없어!"

"……일리가 있는 말씀이네요. 알겠습니다. 벌을 받는 것은 마왕님을 구한 다음으로 하죠."

"그래, 응. 잘 생각했어!"

어찌 설득에 성공한 루이샤는 안도의 한숨을 내쉬었다.

"그런데 루이샤 님, 다른 사람에게도 마왕님에 대해 말씀하셨나요?"

"아니? 아직 아무한테도 말 안 했어."

"그렇군요. 다행이네요. 만약 이 사실이 다른 마족이나 용족에 알려지면 큰일이 벌어질 겁니다."

"큰일?"

"네."

아이리스는 마족과 용족의 현재 상황에 대해서 루이샤에게 설명했다.

원래부터 마족과 용족은 사이가 나빠 곧잘 작은 분쟁을 일으키고는 했다. 하지만 평화주의자인 테스타롯사와 리오가 왕이 되면서 소강상태에 접어들었다고 한다.

하지만 용사가 두 왕을 쓰러트리면서 상황이 급격히 나빠졌다. 두 종족의 관계는 이제 자칫하면 전면 전쟁으로 발전할 수 있을 정도였다.

"만약 왕이 살아있다는 사실을 알면 어느 쪽 진영이든 필사적으로 구출하려 들겠죠. 물론 상대방을 방해하는 것도 개의치 않을 거예요. 그러면 결국에는 마족과 용족의 전면 전쟁으로 치달을 테지요."

"으아, 그것만큼은 피해야겠네……."

지금 두 종족에 "마왕과 용왕은 사이좋게 지내고 있으니 협력해서 두 사람을 구합시다!"라고 말한다고 한들 평화롭게 해결되지는 않을 것 같다.

언젠가 두 종족에게 힘을 빌릴 생각을 하고 있었던 루이샤는 주눅이 들었다.

"그렇구나. 도움을 바라는 건 어렵겠어. 아쉽네."

"……꼭 그렇지만도 않아요."

아이리스는 그렇게 말하며 손가락을 딱 튕겼다.

그러자 어디선가 검은색의 망토를 두른 열 명의 인간이 나타났다.

나타난 인간들은 하나같이 미남 미녀뿐이었다. 그리고 다들 아이리스처럼 탁월한 운동 신경을 지니고 있었다.

"이 사람들은……."

"네. 이들 모두가 흡혈귀입니다. 실은 조금 떨어진 장소에서 저희를 살피고 있었어요."

"그랬구나. 전혀 눈치 못 챘어."

루이샤가 결계를 펼치는 바람에 끼어들지는 못했지만 우수한 청각을 지닌 이들은 루이샤와 아이리스의 대화를 전부 들을 수가 있었고, 전투를 마치고 결계가 풀렸을 무렵에는 이미 루이샤에 대한 오해가 전부 풀린 상태였다.

"처음 뵙겠습니다. 저는 이곳에 있는 흡혈귀들의 대표인 브루노 V 폰데르센이라 합니다. 앞으로 잘 부탁드립니다."

멋들어진 흰 수염이 인상적인 노령의 흡혈귀가 루이샤를 향해 무릎을 꿇으며 고개를 숙였다.

"저희 일족은 300년간 테스타롯사 님을 찾아다녔습니다. 하지만 저희의 노력은 결실을 이루지 못했지요. 저희가 아무리 장수하는 종족이라 하나 300년은 너무나도 긴 시간이었습니다. 그동안 단서 하나 발견하지 못한 저희는 몸과 마음 모두 지쳐버리고 말았습니다."

다른 흡혈귀들도 동의하듯 고개를 끄덕였다.

브루노의 말대로 흡혈귀들은 장수하는 종족이었다. 오래 살면 500살까지도 내다볼 수 있었다. 즉, 흡혈귀 중에는 300년간 내리 마왕을 찾아다닌 자도 있다. 그 긴 시간 동안 단서조차 발견하지 못했으니 마음이 꺾일 만도 했다.

"하지만 그런 저희 앞에 당신이 나타나셨습니다. 저는 확신했습니다. 여태껏 저희가 다른 마족들과 손잡지 않고 행동한 것은 바로 이날을 위해서였음을!"

브루노가 눈물을 뿌리며 부르짖었다. 그러자 다른 둘도 엉엉 울면서 고개를 끄덕이고, 박수를 쳤다.

이윽고 브루노는 감동으로 벅차오른 마음을 가라앉히기 위해 심호흡을 한 뒤, 루이샤에게 놀라운 제안을 건넸다.

"무례임을 알면서도 부탁드립니다. 루이샤 님, 부디 저희를 당신의 종으로 삼아주십시오."

그러자 다른 흡혈귀들도 루이샤를 향해서 무릎을 꿇고 머리를 숙였다. 루이샤는 당황을 금치 못했다.

"조, 종이라고요?!"

"그렇습니다. 비록 수는 줄었으나, 실력은 녹슬지 않았습니다. 반드시 도움이 되어 보이겠습니다. 부디 저희를 이끌어 주십시오."

브루노의 표정은 진지함 그 자체였다. 하지만 루이샤는 간단히 승낙할 수 없었다. 게다가 아직 의문스러운 점도 있었다.

"왜 저에게 그런 말을 하죠? 당신들은 테스 누——테스타롯사의 부하잖아요?"

"예. 저희의 주인은 테스타롯사 님뿐입니다. 하지만 테스타롯사 님께 남편이 계신다면 이야기는 별개지요. 루이샤 님은 저희가 충성을 바치기에 합당한 분이십니다."

"아니, 정식으로 결혼한 것도 아니고……. 그럴 수는 없어요."

"제발 부탁드립니다!"

"이렇게 빌게요!"

"저희를 돕는다 생각하시고!"

흡혈귀들이 루이샤를 필사적으로 설득했다. 의외로 완고한 면

이 있는 루이샤는 한동안 거절 의사를 내비쳤으나, 그들의 절실한 부탁에 결국 백기를 들고 말았다.

"하아……. 알겠어요. 그렇게까지 말씀하신다면 어쩔 수 없죠. 테스타롯사의 충실한 부하인 당신들을 못 본 척할 수는 없으니까요."

"저, 정말이십니까?! 앗싸아!"

루이샤가 주인이 되겠다는 뜻을 전하자, 흡혈귀들은 방금 진지한 표정은 어디로 갔는지 환하게 웃으며 소란을 떨었다.

"흡혈귀는 과묵한 줄 알았는데 아니구나……."

루이샤의 머릿속에 들어있던 흡혈귀의 멋진 이미지가 와르르 무너져 내렸다.

그러던 와중 아이리스가 루이샤의 곁으로 또박또박 다가왔다.

"소란스러운 동료들이라 죄송합니다. 루이샤 님. 하지만 다들 그만큼 기뻐서 그래요. 300년간의 노력이 드디어 보답을 받았으니까요."

아이리스의 눈가에도 물기가 어렸다. 비록 나이는 루이샤와 얼마 차이 나지 않았지만, 아이리스도 태어난 지 얼마 되지 않았을 무렵부터 마왕 수색을 거들어 왔다. 그런 노력이 마침내 결실을 보았으니 기쁘지 않을 리가 없었다.

"나도 동료가 생겨서 기뻐. 함께 힘을 합쳐서 테스타롯사를 구출해 내자."

루이샤가 아이리스에게 손을 내밀며 말했다. 그러자 아이리스는 루이샤의 손을 두 손으로 공손하게 붙잡으며 한쪽 무릎을 꿇었다.

그리고 물 흐르듯 우아한 동작으로 루이샤의 손등에 입을 맞췄다.

"네. 앞으로 잘 부탁드릴게요. 루이샤 님."

아이리스가 루이샤를 바라보며 말했다. 아이리스의 얼굴에는 평상시의 무표정한 모습에서는 상상조차 할 수 없는 아름다운 미소가 걸려있었다.

아이리스와 흡혈귀들을 만난 다음 날. 학교가 쉬는 날이었기에 루이샤는 조금 늦은 시간에 눈을 떴다.

창문을 통해 새어 들어오는 아침 햇살과 코끝을 간지럽히는 바람.

오늘은 날씨가 좋구나……라고 생각하던 찰나, 루이샤는 이상한 점을 깨닫고 벌떡 몸을 일으켰다.

'분명히 창문을 닫고 잤는데 어째서 바람이 불고 있는 거지?!'

경계하며 방 안을 둘러보는 루이샤.

그리고 의문의 해답은 바로 눈앞에 있었다.

"잘 주무셨나요, 루이샤 님. 지금 아침을 차리고 있으니 조금만 기다려 주세요."

목소리의 주인공은 능숙하게 식사 준비 중인 아이리스였다. 하얀색의 헤어밴드와 에이프런을 착용한 모습이 그야말로 메이드였다.

쿨하고 무표정한 아이리스와 귀여운 메이드복이 자아내는 갭이 루이샤의 가슴을 두근거리게 했다.

"왜, 왜 여기 있는 거야?!"

"그 정도 자물쇠는 저한테 없는 거나 마찬가지예요."

아이리스는 그렇게 말하며 검지 손톱을 슉! 하고 늘려 보였다.

"아니, 들어온 방법이 아니라, 여기 있는 이유를 물은 건데……."

"……? 저는 시종이니까 당연히 루이샤 님의 수발을 들어야죠."

별걸 다 묻는다는 듯 아이리스는 의아한 표정을 지었다.

아무래도 루이샤의 수발을 드는 것은 아이리스의 머릿속에서 이미 확정된 사항인 모양이었다.

"자자, 다 됐어요. 애정이 듬뿍 들어간 식사랍니다."

"태연한 얼굴로 잘도 그렇게 낯간지러운 소리를 하는구나……."

루이샤는 주저하면서도 아이리스와 함께 식사를 시작했다.

참고로 아이리스가 만든 아침밥은 엄청나게 맛있었다.

휴일이 끝나고 다음 날이 밝았다.

이날 아침, 아이리스는 칠판 앞에 서서 교실에 모여있는 Z반 학생들을 향해 선언했다.

"이번에 루이샤 님을 모시게 된 아이리스입니다. 앞으로 잘 부탁드립니다."

Z반 학생들은 왠지 기시감이 느껴지는 광경이라 생각하면서도 당혹감을 감추지 못했다.

하지만 정작 아이리스는 태연한 얼굴을 하고 있었다. 묘하게 자랑스러워하는 분위기마저 느껴졌다.

붉은색의 모히칸이 트레이드 마크인 반이 그 모습을 보고 볼프에게 귓속말했다.

"해가 서쪽에서 뜨겠네. 볼프, 뭐 좀 아는 거 없어?"

수인인 볼프 또한 루이샤에게 충성을 바친 몸이다. 그래서 뭔가 알고 있으리라 생각했지만, 볼프는 고개를 가로저었다.

"아니, 나도 몰라. 하지만 대장한테 푹 빠지는 건 이상하지 않지. 저 여자는 보는 눈이 있군."

"하아. 물어본 내가 바보지. 그런데 저렇게 대놓고 선언하면 위험한 거 아냐? 그 아가씨가 가만히 있을까?"

"아."

볼프는 조심스럽게 그 아가씨가 있는 자리로 고개를 돌렸다. 그러자 그곳에는 얼굴을 빨갛게 물들인 채 분노로 몸을 떨고 있는 샤로의 모습이 있었다.

"잠깐 기다려! 나는 처음 듣는 소리거든?!"

샤로가 루이샤를 노려보았다. 루이샤는 아직 샤로에게 아무런 설명도 하지 않았다.

아니, 설명하지 못했다고 표현해야 할 것이다.

"어, 그게, 저기……. 미안."

"미안은 무슨! 나처럼 귀여운 여자친구를 두고 메이드를 들이다니, 간이 배 밖으로 나왔구나!"

"드릴 말씀이 없습니다……."

샤로의 호통에 풀이 죽어버린 루이샤.

그러자 이번에는 아이리스가 다가와 루이샤를 보호하듯 감싸 안았다. 루이샤의 머리가 아이리스의 커다란 두 가슴에 파묻혔다.

"아아, 불쌍한 우리 주인님. 근육뇌 용사가 하는 말 따위 들을 필요 없답니다."

자애로운 얼굴로 루이샤를 달랜 아이리스는 샤로를 흘끔 쳐다보며 사악한 미소를 지어 보였다. 그녀의 노골적인 도발에 샤로는 얼굴을 새빨갛게 물들이며 길길이 날뛰었다.

"그, 그렇게 나오겠다 이거지?! 좋아, 싸움이라면 얼마든지 받아주겠어! 아주 작살을 내주지!"

샤로는 아이리스의 안면을 향해서 장갑을 내던졌고, 아이리스는 태연한 얼굴로 그것을 캐치했다.

"후후, 그쪽에서 결투를 원한다면 저야 좋지요. 저도 당신한테는 불만이 좀 있거든요."

"알아듣지도 못할 소리나 지껄이기는! 됐으니까 밖으로 나와!"

그렇게 외친 샤로는 허리에서 검을 뽑아 아이리스에게 들이댔다.

이러다간 큰일이 날지도 모르겠다고 생각한 루이샤는 어떻게든 말려보기로 했다.

"두, 두 사람 모두 진정해!"

"루이샤는 입 다물어!"

"주인님은 다물고 계세요!"

"히익!"

두 사람의 험악한 일갈 앞에서 루이샤는 한없이 작아지고 말았다.

"흐엑……!"

다른 남학생들도 멀리서 그 모습을 바라보며 몸을 떨었다.

"워워, 무섭구만. 대장만 불쌍하게 됐어."

"내 말이. 학생이면 얌전히 앉아서 수업이나 받을 것이지."

볼프와 반이 그렇게 중얼거리자 "너희가 남 말할 처지냐……" 하고 치샤가 말했다.

아이리스가 루이샤를 모시겠다고 선언한 날로부터 일주일이 흘렀다.

그날 밖으로 나간 아이리스와 샤로는 교정에서 결투를 시작했고, 루이샤가 이를 말리는 과정에서 커다란 소동으로 발전하고 말았다. 결국에는 결투가 유야무야 끝났기 때문에 두 사람 사이에는 여전히 서슬 퍼런 기류가 흐르고 있었다.

'하아, 어떻게든 두 사람이 화해하게 할 수는 없을까…….'

루이샤는 고민에 빠진 채로 수업을 받고 있었다.

"그러면 다음 페이지를 펴라. 중요한 대목이야."

현재 교단에 서서 수업을 진행하고 있는 것은 Z반의 담임인 레거스였다.

레거스는 우수한 교사다. 젊고 열정적이며, 학생을 위해 헌신했다. 괴짜들로 가득한 Z반 학생들에게 신임을 얻고 있는 것도 그 솔직한 성격 덕분일 것이다.

"너희도 알다시피 인간, 마족, 용족 등 종족을 불문하고 '강함의 벽'을 돌파한 자에게는 특수한 문장이 출현한다."

레거스가 칠판에 문양을 그렸다.

"그 문장의 첫 번째 형태가 은색으로 빛나는 장군의 문장이다. 그리고 장군의 문장을 지닌 자가 더욱 강해지면 금색으로 빛나는 왕의 문장으로 진화하지. 왕의 문장 보유자로 유명인을 꼽자면 비바라 제국의 검왕 크롬이 있겠군. 나라 하나를 단신으로 제압할 정도라고 하니 인간 중에서는 최강이라 할 수 있겠지. 자, 이처럼 신기한 왕의 문장 중에서도 한층 더 특별한 문장이 존재하는데, 아는 사람?"

레거스가 묻자 두 명의 학생이 손을 번쩍 치켜들었다.

한 명은 우등생 왕자인 유리.

그리고 다른 한 명은 공붓벌레인 벤 갤리더릴이었다.

"음, 이번에는 벤이 대답해 볼까?"

"후후, 고맙습니다."

벤은 지목받은 것이 기뻤는지 레더스를 향해서 우아하게 인사해 보였다.

"특별한 왕의 문장이라 하면 역시 '마왕'과 '용왕'의 문장일 테지요. 이 두 가지 칭호에는 다른 문장들과 명확하게 구별되는 차이점이 있습니다. 오래된 문헌에는 '귀왕'과 '요정왕'도 특별한 칭호라고 쓰여 있습니다만, 이들은 실존 여부도 불확실하니 제외해도 무방하겠지요."

"역시 벤이구나, 모범 답안이야. 그러면 마왕과 용왕이 다른 왕들과 어떻게 다른지도 설명해 줄 수 있을까?"

"네. 일반적으로 왕의 문장을 얻기 위해서는 '압도적인 전투력'과 '수많은 자의 신임'이 있어야 하지만 마왕과 용왕은 다릅니다."

벤은 자신이 알고 있는 마왕과 용왕의 지식에 대해서 알기 쉽게 설명해 나갔다.

먼저 마왕은 선대 마왕이 선대 마왕이 옥좌에서 내려올 때 개최되는 무투 대회의 우승자만이 얻을 수 있는 칭호다. 마족의 영토 전역에서 몰려든 마족들이 살육전을 벌이는 그 대회는 마왕의 자리를 걸고 행해지는 일대 이벤트였다.

무투 대회의 우승자는 선대 마왕과 대결을 벌이고, 여기서 승리하면 마왕으로부터 직접 문장을 승계받는다.

그리고 용왕.

이 문장을 계승할 수 있는 것은 용왕의 자식들뿐이었다.

왕의 소질을 갖춘 아기는 용왕의 문장이 새겨진 채로 태어나고, 그와 동시에 부모에게 새겨져 있던 문장은 소멸한다. 즉, 용왕이란 태어난 그 순간부터 용왕으로 살아간다.

아이에게 용왕의 문장을 물려준 부모는 아이가 성장하기 전까지 왕좌에 남아 용족을 다스린다. 그리고 아이가 일족을 이끌 만큼 성장했다고 판단하면 자리를 물려준다.

벤의 설명을 들은 레거스는 만족한 얼굴로 "그래. 잘 아는구나" 하고 대답한 뒤 수업을 재개했다.

한편 벤의 설명을 들은 루이샤는 다시 한번 두 스승의 대단함을 실감했다.

마법 학교에서 쓰는 역사 교과서는 상당한 페이지를 할애해 마왕과 용왕에 대해 설명하고 있었다. 리오와 테스타롯사 모두 역사상의 어느 왕보다 강했으며, 백성들의 신뢰도 두터웠다고 한다.

하지만 용사 오거는 그들을 습격해 무한감옥에 봉인했다.

어째서 오거는 인간과 적대하지도 않은 마왕과 용왕을 습격한 것일까? 그 의문은 현재도 역사학자들 사이에서 곧잘 논의되지만, 여전히 결론은 나오지 않았다. 사실은 마왕과 용왕이 은밀히 손잡고 인간을 멸망시키려던 게 아닌가 추측하는 자도 많았으나, 루이샤는 그것만큼은 아니라고 단언할 수 있었다.

'오거가 두 사람을 봉인한 이유가 무한감옥의 봉인을 풀 단서로 이어질지도 모르겠어⋯⋯.'

그런 생각을 하는 사이 수업 종료를 알리는 종이 울렸다.

다음 수업은 야외 마법 실습이었다. 루이샤가 실습 준비를 시작하려던 그때, 불현듯 담임인 레거스가 큰 소리로 말했다.

"아, 오늘의 실습 말인데, 특별 강사를 초빙했다!"

학생들이 술렁거렸다. 지금까지 외부에서 강사가 온 적은 한 번도 없었다.

학생들의 반응을 본 레거스는 흡족한 미소를 지었다. 실은 오래전부터 계획해 왔던 수업이었기 때문이다.

"놀라지들 마라. 이번에 부른 강사분은 오늘 수업에서도 나왔던 '장군의 문장'의 소유자거든. 다들 잘 배우도록!"

루이샤의 귀가 움찔하고 반응했다. 문장 소유자를 만날 기회는 좀처럼 많지 않았다. 다양한 지식을 배우고 익힐 기회일지도 몰랐다. 루이샤는 기대감에 부푼 가슴으로 수업 준비에 접어들었다.

레거스를 따라서 밖으로 나온 Z반 학생들.

도착한 장소에는 상당히 눈길을 끄는 차림새의 남자가 있었다.

"음, 그대들이 레더스 공의 제자인가. 소인은 임시 강사를 맡게 된 유랑 검사 코지로라고 하네."

남자는 그렇게 말하며 학생들을 향해 정중히 인사했다. 그가 입은 남색의 동양풍 의상은 멀리서 보아도 눈에 띄었다. 허리에는 2m에 달하는 기다란 검을 차고 있었다.

체형은 검사치고는 다소 호리호리했다. 얼핏 보기에는 약한 인상이었지만, 루이샤는 그의 실력을 알아보았다.

샤로가 루이샤에게 작은 목소리로 속삭였다.

"루이샤, 저 녀석 엄청나게 강할 것 같지?"

"응. 지금도 빈틈이 없어."

언뜻 가냘파 보이는 팔뚝도 자세히 보면 확실하게 단련되어 있었다. 몸 곳곳에 상처 흔적이 남아있었다. 이 코지로라는 남자는 수많은 사투를 헤쳐온 역전의 전사일 가능성이 컸다.

이렇듯 샤로와 루이샤는 코지로의 실력을 알아보았지만, 다른 이들은 이 남자가 정말로 강한가 하고 의문을 품고 있었다.

그러한 분위기를 알아챈 코지로가 한 가지 제안을 건넸다.

"혹시 나와 겨뤄볼 사람 있나? 난 맨손으로 임할 테니, 학생은 마법이든 무기든 마음대로 사용하게."

학생들은 코지로의 제안을 듣고 난감해했다. 아무리 그래도 맨손을 상대로 마법을 사용하기는 꺼려지는 듯했다.

하지만 혈기 왕성한 두 학생은 꼭 그렇지만도 않았다.

"이보서, 선생님. 정말 그 조건으로 괜찮겠어?"

"비켜, 반. 내가 싸울 테니."

반과 볼프가 주먹으로 뚜둑, 뚜둑 소리를 내며 앞으로 나섰다. 두 사람 모두 의욕의 넘치는지 누가 먼저 겨룰지로 다투기 시작했다.

"아양?! 내가 먼저 나왔잖아!"

"시끄러워. 가만히 찌그러져 있어."

티격태격하는 두 사람을 본 코지로는 레거스를 향해서 "후후후, 기운찬 학생들이군" 하고 웃더니 눈앞의 학생들을 도발하기 시작했다.

"뭣하면 둘이 함께 덤벼도 좋네. 설마 둘이 덤벼놓고도 질 걸 걱정하는 건 아니겠지?"

자신의 검을 검집째로 바닥에 꽂아 넣은 코지로는 무방비한 모습으로 반과 볼프를 향해 저벅저벅 걸어갔다.

코지로의 그 여유롭기 짝이 없는 태도에 두 사람은 말다툼을 멈추었다.

"······칫. 완전히 얕보고 있는 모양인데, 볼프."

"그래. 이렇게 된 이상 우리들의 힘을 보여주자고."

공동의 적이 생긴 두 사람은 소년답지 않은 흉악한 얼굴로 임전 태세에 돌입했다.

"후후, 멋진 살기로군. 조금은 즐길 수 있겠어."

코지로는 다 큰 어른도 기절시켜 버릴 만한 살기를 받고도 태연한 표정을 지었다.

볼프와 반은 이러한 코지로의 태도에 짜증을 느끼면서도 경계를 늦추지 않았다.

"자, 그러면 검장(劍將) 코지로, 한 수 보여드리리다."

코지로는 말이 끝나기가 무섭게 지면을 박차고 두 사람을 향해 돌진했다.

"빨라……!"

상대와의 거리가 순식간에 좁혀지자 볼프의 입에서 다급한 목소리가 새어 나왔다.

이미 코지로의 팔이 볼프의 안면에 주먹이 꽂히기 직전이었다.

도저히 피할 방법이 없었다. 하지만 그때 반이 외쳤다.

"마음대로 하게 둘까 보냐! 봄버!"

코지로가 있던 자리에서 쾅! 하고 폭발이 일어났다.

완벽한 타이밍을 노린 것 같았지만, 반의 살기를 느낀 코지로가 뒤로 물러나면서 공격은 무위로 돌아가고 말았다.

"어이쿠, 조금 위험했는걸."

"쳇! 그걸 피하다니!"

반이 분한 심정을 드러냈다.

한편 도움을 받은 볼프는 면목이 없다는 듯이 반에게 사과했다.

"미안. 방심했다."

"됐어. 녀석에게 집중해, 온다!"

다시금 엄청난 속도로 돌진해 오는 코지로. 그러자 볼프도 그의 진로를 막아서듯 앞으로 달려갔다. 반은 거리를 벌리고 마법을 준비했다.

"흠, 근거리와 원거리로 나뉘었나. 나쁘진 않군."

"헷! 전투 중에 떠들다간 혀 깨물걸!"

볼프가 코지로를 향해서 주먹을 휘둘렀다.

수인인 볼프의 신체 능력은 인간을 가볍게 능가한다. 단순한 주먹질도 웬만한 어른은 한 방에 기절시켜 버릴 만큼 위력적이었다.

하지만 코지로는 볼프의 공격을 한쪽 손으로 가볍게 흘려보낸 뒤, 볼프의 배에 발차기를 꽂아 넣었다.

"…………큭!"

보기에는 가볍게 걷어찬 것 같았지만, 볼프는 폭발하는 듯한 충격을 느꼈다. 인간은 고통이 허용량을 넘어서면 자신을 지키기 위해서 의식을 차단한다. 그것은 수인도 예외가 아니었고, 볼프의 뇌는 고통에서 벗어나기 위해 의식의 끈을 놓았다.

"어이, 농담이지……?!"

고작 한 방으로 쓰러진 친구의 모습에 반은 눈앞의 인물이 얼마나 터무니없는 괴물인지를 실감했다.

"하지만 여기서 물러나면 남자가 아니지! 내 최강의 마법을 보여주겠어!"

각오를 다진 반의 몸에서 엄청난 양의 마력이 흘러나왔다.

이를 느낀 코지로는 멈춰 서서 반의 마법이 완성되기를 기다렸다. 아무래도 정면에서 물리칠 생각인 듯했다.

"헷, 늦어져서 미안. 기다린 만큼 기대에 부응해 줘야겠지! 하이 라지 봄버!"

반이 마법을 발동시키자 전방에 무수한 폭발이 일어났다. 그렇게 시작된 폭발의 연쇄가 코지로를 향해 파도처럼 밀어닥쳤다.

척 보기에도 흉악한 위력을 지닌 마법이었다. 하지만 코지로는 달아나려 하지 않았다. 검을 들지도 않았고, 마법도 사용하지 않았다. 대신에 오른손을 강하게 움켜쥐었다.

"…………흐읍!"

그리고 움켜쥔 주먹을 있는 힘껏 휘둘렀다.

초인적인 완력으로 내지른 주먹이 충격파를 일으켰고, 반의 폭발 마법과 충돌하여 상쇄되었다.

"마, 말도 안 돼……!"

예상치 못한 결과에 경악하는 반. 회심의 마법이 단순한 주먹질에 막히자 충격 금할 수 없었다.

코지로는 넋이 나간 반에게 다가가더니 "계속하겠나?" 하고 물었다.

평소 같았으면 몇 번이고 도전했을 반도 코지로와의 실력 차를 인정했는지 "아니, 항복이야. 내가 졌어" 하고 패배를 인정했다.

"괴, 굉장하다! 저 두 사람을 이렇게 간단히 쓰러트리다니!"

승부가 끝나자 견학하고 있던 학생들이 일제히 코지로에게 모여들었다.

눈앞에서 대단한 전투를 목격했으니 흥분할 만도 했다. Z반 학생들은 "어떻게 그렇게나 강해졌어요?", "무슨 특훈을 한 건가요?" 하고 질문을 퍼부었다.

"후후. 떠들썩해질 것 같네, 루이."

"그러게. 나도 무엇을 배우게 될지 기대되는걸."

루이샤는 무언가 새로운 일이 벌어질 것만 같은 예감을 느꼈다.

◇　◇　◇

그날부로 Z반 학생들은 하루에 한 번씩 코지로에게 검술 수업을 받게 되었다.

코지로의 수업은 알차면서도 이해하기 쉬웠고, 학생들도 자연스럽게 그를 좋아하게 되었다. 무척이나 성실하고 솔직한 성격도 그가 빨리 받아들여진 이유 중 하나였다.

"루이샤, 어깨에 또 힘이 들어갔다."

"네, 고맙습니다."

검술 실력에 한해서는 루이샤도 코지로에게 미치지 못했다. 루이샤는 검을 쥐는 방법부터 무게중심을 이동하는 방법까지 착실하게 배웠다.

무한감옥에서 수수께끼의 여검사 오우카에게 몇 차례 특훈을 받기는 했지만, 오우카는 오로지 실전 형식의 수행이었기에 때문에 코지로의 상세한 지도는 무척 도움이 되었다.

"그나저나 자네는 습득이 참 빠르군. 이러다간 금세 추월당하겠어."

"설마요. 코지로 씨의 수업이 훌륭하신 덕분이죠."

"사실 소인은 한때 낙오자였다네. 그래서 어떻게 하면 실력이 느는지 좀 알지."

루이샤가 겸손하게 대답하자 코지로가 쑥스러워하며 말했다.

노력으로 장군의 문장을 각성했다는 말에 루이샤는 친근감을 느꼈다. 루이샤 또한 선천적인 재능의 차이를 막대한 노력으로 뛰어넘은 경력이 있다.

따라서 코지로가 얼마나 많이 노력했는지 이해할 수 있었다.

"자, 그럼 다음은…… 왕자님을 도와드리도록 할까."

코지로는 루이샤의 지도를 마치고 유리에게 다가갔다. 하지만 유리의 종자인 이부키가 그의 진로를 막아섰다.

"어이쿠, 왕자님은 제가 맡고 있습다. 코지로 님은 나서실 거 없어요."

이부키가 무거워 보이는 투구 너머로 코지로를 노려보았다. 아무래도 코지로를 왕자의 곁에 접근시키고 싶지 않은 모양이었다.

"너무 경계할 것 없다네. 왕자님께 해를 가할 생각은 전혀 없어."

"딱히 당신을 의심하는 건 아닙다만, 이게 제 일이거든요. 이해해 주시지요."

말투는 정중했지만 이부키는 여전히 강한 거절의 의사를 내비치고 있었다. 그 노골적인 태도에 유리도 "이렇게까지 할 필요는……" 하고 말했지만 이부키는 완고했다.

"……흠, 알겠네. 그러면 달리 나하고 대련하고 싶은 학생 있나!"

결국 이부키의 고집을 꺾지 못한 코지로는 다른 학생들을 향해 발걸음을 돌렸다. 그러자 볼프와 반이 기다렸다는 듯이 "다음은 나!", "내 차례야!" 하고 외치며 뛰어왔다.

"……후우, 어떻게 잘 넘어갔네요."

코지로가 물러난 것을 확인한 이부키는 깊은 한숨을 내쉬며 그 자리에 쭈그려 앉았다.

"별일이네. 그렇게까지 경계하다니."

"아아, 루이. 볼썽사나운 모습을 보여드리고 말았습니다."

"그렇지 않아. 멋있었어."

루이샤가 칭찬하자 이부키는 쑥스럽다는 듯이 "하하……" 하고 웃으며 손가락으로 투구를 긁적였다.

"뭐, 저 사람을 수상하게 여기는 건 아닙니다. 하지만 제가 막아 내지 못하는 인물을 함부로 왕자님께 다가가도록 둘 수는 없거든요. 나쁜 사람이 아니라도 이것만큼은 양보할 수 없습니다."

이윽고 곁으로 다가온 유리가 이부키의 어깨를 툭 치며 격려의 말을 건넸다.

"고생한다. 네게는 늘 신세 지고 있어."

"하하. 별말씀을."

루이샤는 두 사람의 짧은 대화에서 확실한 신뢰가 오가는 것을 느꼈다.

같은 날 방과 후. 루이샤는 샤로, 아이리스와 함께 귀갓길에 올랐다.

평소 같았으면 볼프도 함께였을 테지만, 현재 볼프는 코지로와의 격렬한 대련 끝에 보건실에 드러누워 있었다. 루이샤는 볼프가 회복될 때까지 옆에서 지켜봐 주려고 했다. 하지만 신경 쓰지 말고 먼저 돌아가 달라는 볼프의 부탁에 어쩔 수 없이 자리를 떴다.

결국 본의 아니게 셋이서 귀가하게 된 루이샤의 마음은 무겁기만 했다. 왜냐하면…….

"왜 너까지 따라오는 건데. 방해하지 마."

"루이샤 님을 옆에서 모시는 건 저의 의무. 그쪽이야말로 포기하시죠. 무엇보다 그 난폭한 태도부터 고치는 게 어떤가요? 루이샤 님의 품위까지 떨어지겠어요."

"크윽! 지금 싸우자는 거야?!"

큰 소리로 말다툼을 벌이는 샤로와 아이리스.

만난 지 일주일이 지난 지금도 두 사람의 사이는 무척 험악했다. 얼굴만 마주치면 서로를 노려보고, 온갖 사소한 일로 언쟁을 벌였다. 평소 같았으면 볼프도 옆에서 함께 고통을 받았을 테지만 지금 이 자리에는 없었다. 그래서 루이샤는 두 사람의 말다툼을 혼자서 인내해야 했다.

'훌쩍. 누가 좀 도와줘…….'

마음속으로 간절히 비는 루이샤. 그런 루이샤의 기도가 통한 것일까, 한 인물이 세 사람의 앞을 막아서며 산뜻한 목소리로 말했다.

"오랜만이네. 그동안 잘 지냈어, 루이샤?"

목소리의 주인공은 루이샤도 익히 아는 인물이었다.

"안녕하세요, 시온 씨."

2학년 A반 학생인 클레어 가문의 시온. 교내에서도 유명한 인물이었다.

성적도 우수하고 마법 실력도 학교 톱 클래스. 거기다 잘생기기까지……. 이처럼 왕족인 유리에게 뒤지지 않을 정도의 하이 스펙을 보유한 학생이었지만, 동시에 유별난 성격으로도 유명했다.

지나친 호기심의 소유자라고 평가받는 시온은 무언가 사건이 발생하면 일단 개입부터 하고 보는 버릇이 있었다. 교내에서 일어난 소동에는 언제나 그가 관련되어 있다고 해도 과언이 아닐 정도다.

따라서 그가 온갖 소동을 몰고 다니는 루이샤에게 흥미를 보이는 것은 당연한 노릇이었다.

루이샤가 방과 후에 교내를 걷고 있으면 시온은 곧잘 말을 걸었고, 덕분에 둘의 사이는 제법 가까워져 있었다. 좀 유별난 사람이지만 박식하기도 하고, 친절한 면도 있어서 루이샤도 썩 싫지는 않았다. 그리고 시온이라면 이 험악한 상황을 해결해 줄 수 있을지도 몰랐다. 까맣게 물들어 있던 루이샤의 가슴속에 한 줄기

광명이 비췄다.

"이런 곳에서 마주치다니 별일이네. 그런데 뒤에 있는 여성분들은?"

"아, 그러고 보니 두 사람과 만나는 건 처음이군요. 소개할게요."

샤로와 아이리스를 소개하려고 운을 떼는 루이샤. 하지만 두 소녀가 한발 빨랐다.

"반가워요. 루이의 '여자친구'인 샤로라고 합니다! 잘 부탁드릴게요!"

"루이샤 님의 가장 심오한 이해자이자 종복인 아이리스예요. 앞으로 잘 부탁드려요!"

앞다퉈 자기소개를 하는 두 사람을 보면서 루이샤는 "아아……" 하고 머리를 싸맸다. 이곳은 아직 마법 학교 안이다. 지나가던 학생들이 이쪽을 쳐다보며 수군거렸다.

루이샤는 부끄러운 나머지 얼굴을 새빨갛게 물들이고 말았다.

"하하하, 유쾌한 아가씨들이네. 이렇게나 아름다운 여성들의 마음을 빼앗다니, 루이샤도 여간내기가 아니구나."

"하하……."

힘없이 미소 짓는 루이샤.

"후후, 보아하니 고생이 많은 모양인걸. 마침 잘됐다. 네 피로를 확 날려줄 재미있는 정보를 가지고 왔거든."

"재미있는 정보? 뭔가요?"

시온이 이런 이야기를 입 밖에 낸 것은 처음이었다. 루이샤는 흥미진진해서 되물었다.

"던전이야, 던전! 근처에서 던전이 발견됐다지 뭐야!"

"저, 정말인가요?! 굉장하다!"

"후후. 반응이 극적인걸, 루이샤. 가보고 싶지?"

시온이 그렇게 말하며 루이샤의 어깨에 팔을 얹었다. 그러자 샤로와 아이리스가 무시무시한 얼굴로 시온을 째려보며 살기를 내뿜었다. 하지만 시온의 표정은 지극히 태연했다.

"하하, 미안. 너희 왕자님을 뺏어갈 생각은 없으니 안심해, 아가씨들."

두 사람의 살기에 겁을 먹기는커녕 농담까지 던지는 시온. 상당한 거물이었다.

"던전은 남자의 로망이지. 루이샤도 던전이 뭔지는 들어봤을 테지?"

"네, 일단은……."

던전.

몬스터가 지속적으로 출몰하는 건물이나 유적, 동굴 등을 총칭하는 단어다.

던전의 최심부에는 보물이 잠들어 있으며, 보물을 획득하면 던전은 더 이상 마물이 출현하지 않는 평범한 장소로 변한다.

자연적으로 발생하는 던전도 있고 인공적으로 만들어진 던전도 있으나, 안에 잠들어 있는 보물의 가치가 높으면 높을수록 서식하는 마물도 강해진다는 공통점이 있다. 던전에 도전하는 자는 대부분이 모험가로, 지금도 수많은 모험가가 던전으로 향하고 있다. 그들 중 몇몇은 꿈을 쟁취하고, 또 몇몇은 목숨을 잃는다.

"하지만 그 얘길 왜 저한테? 딱히 돈이 궁한 것도 아닌데."

Z반 학생들이 받는 대우는 좋은 편이다. 학비는 전부 면제였고 별도로 급여도 지급되고 있었다. 기숙사에서 무료로 숙박할 수 있는 것은 물론, 아침저녁으로 식사도 꾸준히 나왔기에 루이샤는 유복하지는 않더라도 만족스러운 생활을 보내고 있었다.

던전에 마음이 혹하긴 하지만, 지금은 강해지기 위해 수행에 매진하고 싶었다.

"던전에는 희귀한 보물이나 본 적도 없는 몬스터가 잠들어 있을지도 몰라. 너도 그런 거에 사족을 못 쓰잖아?"

"으으, 확실히 매력적으로 들리기는 하네요……."

모험심을 자극하는 이야기에 흔들리는 루이샤. 시온은 그 틈을 놓치지 않고 결정타를 가했다.

"그뿐만이 아냐. 놀랍게도 이 유적은 용사와 관계가 있다나 봐. 어때, 흥미가 좀 생기지?"

용사와 관계가 있다는 말에 루이샤뿐만 아니라 샤로와 아이리스도 귀를 움찔하며 반응을 보였다.

"자세히 설명해 주실 수 있나요?"

"후후, 미끼를 물었군. 너라면 그럴 것 같았어."

박식한 시온은 평소에도 여러 화제로 루이샤에게 말을 걸어 왔다.

타국의 정세부터 교내에서 벌어진 일까지 루이샤는 종류를 불문하고 시온의 말을 경청했다. 다만, 용사에 관해 이야기할 때만큼은 유독 더 끈질기게 캐묻는 경향이 있었다. 그래서 시온도 루이샤가 용사 이야기에 민감하다는 점을 인지하고 있었다.

"그럼 설명할게. 얼마 전에 오래된 유적 던전이 발견됐어. 듣기로는 지하에 자리를 잡은 던전이라는데, 입구에 상당히 강력한 봉인이 있어서 안으로 들어갈 수가 없다나 봐. 모험가들도 쩔쩔매는 중이라더군."

던전에는 출입자를 선별하기 위해 봉인이 걸린 경우가 있다.

봉인을 억지로 부수면 던전이 무너지거나 보물이 파괴될 수 있기에, 봉인을 함부로 다루는 짓은 금지하고 있다.

"그래서? 그 봉인이 어쨌다는 건데."

"후후, 너무 보채지 마, 샤를롯테. 그 봉인에는 한 가지 문양이 새겨져 있었어."

시온은 품속에서 작은 종이를 꺼내 세 사람에게 보여주었다. 종이에는 꽃잎을 본뜬 문양이 그려져 있었다.

이를 본 샤로는 화들짝 놀란 표정을 지으며 "설마……" 하고 중얼거렸다.

"후후. 눈치를 챈 모양이구나."

시온은 자신만만한 얼굴로 샤로가 허리에 차고 있는 검 '프라우 솔라우스'를 가리켰다.

검의 날밑 부분에 종이에 그려진 것과 동일한 문양이 새겨져 있었다.

"샤를롯테. 이 문양에 어떤 의미가 있는지 설명해 주겠어?"

샤로는 잠시 망설였지만, 곧 각오를 다지고 입을 열었다.

"그 문양은…… 용사 일족의 상징이야."

시온은 샤로의 대답에 만족한 듯 고개를 끄덕이고는 루이샤를 바라보며 "그럼 어떻게 할래? 루이샤" 하고 물었다.

그리고 루이샤는 시온을 똑바로 바라보며 대답했다. 결론은 일찌감치 나와 있었다.

던전은 왕도를 나와 남동쪽으로 20분 정도 걸어가면 나타나는 오래된 유적들 사이에 있었다. 들리는 이야기에 따르면 이 유적들은 이미 한차례 조사가 끝난 상태였는데, 이번에 새롭게 던전이 발견되었다고 한다.

시온으로부터 던전 이야기를 듣고 맞이한 첫 주말. 루이샤는 동행을 원하는 Z반의 한 학생을 합해 도합 5명의 파티로 던전에 향하고 있었다.

"이야, 흥분된다. 과연 어떤 보물이 우리를 기다리고 있을까?"

한 소녀가 헐렁헐렁한 긴소매를 흔들며 말했다. 루이샤와 같은 반인 카자하 호만데나라는 이름의 여학생이었다.

등을 뒤덮을 정도로 길게 자란 곱슬머리와 크고 동그란 안경,

그리고 140cm의 작은 키가 특징적이었다. 체구가 작고 동안이어서 어린아이로 오해당하는 경우가 꽤 많았다. 본인도 작은 키가 콤플렉스였는지 교복 위로 사이즈에 맞지 않는 커다란 로브를 걸치고 있었다. 천이 많이 남아 헐렁거렸다.

"카자하……라고 했던가? 억양이 특이한걸. 어디 출신이니?"

시온이 그녀를 보며 물었다.

"쿠베 출신이에요, 선배."

"그렇구나. 쿠베는 방언을 쓰는 지역이지. 납득했어."

루이샤를 시작으로 샤로, 아이리스, 시온, 카자하까지 다섯 사람은 두런두런 이야기를 나누며 던전의 입구로 향했다. 그러던 와중 샤로가 선두에서 걸어가던 루이샤의 곁으로 다가왔다.

"그건 그렇고 볼프가 오질 않다니, 별일이네."

"그러게. 요즘 강해지려고 엄청 열심이더라. 나도 지고 있을 수만은 없지."

참고로 볼프는 휴일임에도 불구하고 반과 함께 수련에 매진하고 있었다. 얼른 루이샤의 곁에서 나란히 싸우고 싶다는 마음의 발로였지만, 정작 루이샤는 아무것도 눈치채지 못한 상태였다.

"……응?"

던전으로 향하는 길에 놓인 숲을 통과하고 있을 때였다. 루이샤는 전방에서 한 사람을 발견했다. 그는 웅크려 앉아서 바닥에 자라난 식물을 지그시 관찰하고 있었다.

약초 채집 중인 것일까. 그렇게 생각하며 다가간 루이샤는 그가 굉장히 낯익은 인물임을 깨달았다.

"어라, 코지로 씨. 여기서 뭐 하세요?"

"음. 자네들이야말로 왜 여기에?"

식물을 관찰하고 있던 것은 임시 강사인 코지로였다. 루이샤 일행을 발견한 코지로는 자리에서 일어나 다가왔다.

"뭘 하고 계셨던 건가요?"

"약초를 좀 찾고 있었어. 이 근처에는 효능이 뛰어난 식물이 자생하고 있다고 들었거든."

"그렇군요. 회복약을 만드시는 건가요?"

"뭐…… 비슷한 거라고 보면 돼. 그러는 너희야말로 이런 곳에 무슨 용건이냐. 마을 밖은 몬스터가 출몰하니 함부로 돌아다니면 못써."

"실은…… 얼마 전에 새로운 던전이 발견됐거든요. 그곳으로 가볼 생각이에요."

"던전이라고? 애들끼리 가기에는 너무 위험한데."

코지로는 정말로 걱정이 됐는지 루이샤 일행을 타일렀다.

하지만 루이샤 일행도 "네, 안 갈게요"라고 답할 수는 없는 노릇이었다. 일행은 수십 분에 걸친 설득 끝에 간신히 코지로를 납득시켰다.

"위험해질 것 같으면 도망칠게요. 무슨 일이 있어도 가야만 해요!"

"으음……. 그렇게까지 말한다면 어쩔 수 없지. 대신 위험하면 곧바로 돌아가야 한다."

그리고 코지로는 품속에서 자그만 호리병을 꺼내 루이샤에게 건넸다. 살짝 흔들어 보니 병 속에서 찰랑거리는 소리가 났다.

"이건?"

"내가 직접 만든 회복약이다. 다치면 쓰도록 해."

그렇게 말하며 루이샤의 어깨를 가볍게 두드린 코지로는 곧 숲 속으로 자취를 감추었다.

"정말로 좋은 사람이야……."

루이샤는 떠나가는 코지로의 뒷모습을 바라보면서 중얼거렸다.

코지로와 헤어진 뒤 숲을 빠져나가자 눈앞에 넓은 평원이 펼쳐졌다. 목적지인 유적은 이 평원에 있었다. 워낙 눈에 잘 띄는 유적이었기에 돈이 될만한 물건은 일찌감치 전부 도굴되었고, 현재는 약속 장소로나 이용되는 아무것도 없는 장소였다. 그러다 일주일 전쯤에 이곳을 지나가던 모험가가 우연히 지하로 이어지는 입구를 발견했다.

느닷없이 발견된 의문의 던전. 이 소식에 두근거림을 느끼지 않을 모험가가 과연 있을까. 그 의문에 답이라도 하듯 유적지에는 불량해 보이는 모험가들이 우글우글 모여있었다.

"으엑, 이 사람들 좀 봐. 엄청 험악해 보이네."

카자하가 얼떨결에 중얼거렸다. 그러자 루이샤 일행의 존재를 눈치챈 모험가들이 눈을 부릅뜨며 일제히 이쪽을 쳐다보았다.

머릿수는 스물하나.

서너 명 규모로 이루어진 여섯 개의 파티가 입구 근처에서 봉인을 푸는 인물이 나타나길 기다리고 있었다.

하지만 그들이 루이샤 일행을 경계하기도 잠시, 대부분이 꼬맹이들이라는 사실을 깨닫고 관심을 거두었다. 그러나 한 모험가 파티만은 히죽히죽 경박한 미소를 지으며 이곳으로 다가왔다.

"이것 봐라, 애들이 이런 곳에는 무슨 볼일이지? 이 근방은 치안이 나쁘거든. 너희 같은 아가씨들이 무턱대고 돌아다니면 나쁜 어른들한테 잡혀갈걸?"

허리에 널찍한 검을 찬 남자가 그렇게 말하며 천박하게 웃었다. 남자의 시선은 대놓고 샤로와 아이리스의 가슴을 향하고 있었다. 그 숨길 생각도 없어 보이는 적나라한 태도에 두 소녀는 불쾌감을 드러냈다.

"우와, 기분 나빠."

"그러게요. 우리 귀여운 주인님을 좀 본받으세요."

평소에는 싸우느라 바쁜 두 사람이지만 이 순간만큼은 호흡이 척척 맞았다.

설마 이렇게 매도당할 줄은 몰랐는지 남자는 얼굴을 새빨갛게 물들이며 몸을 떨었다. 옆에서 지켜보던 남자의 동료들은 참지 못하고 "푸풉" 하고 웃음을 터트렸다.

"애, 애새끼들 주제에 건방지긴! 어른을 깔보면 어떻게 되는지 톡톡히 알려주마!"

분노가 정점에 달한 남자는 허리에 차고 있던 검을 뽑아 샤로에게 들이댔다. 이를 본 샤로는 정색하며 남자를 노려보았다.

"그 이상은 농담으로 안 끝나."

"핫, 이쪽은 처음부터 완전 진지한데 어쩌나. 사과해 봤자 이미 늦었어. 그 건방진 몸을 실컷 맛본 다음에 창관에 팔아넘겨 주마."

남자가 천박한 미소를 지으며 접근해 왔다. 그러자 루이샤가 그의 진로를 막아서듯 앞으로 나섰다.

"넌 뭐냐, 꼬맹아. 자기만이라도 살려달라 이건가? 울면서 빌면 너그럽게 용서해 줄 수도 있어. 계집애들은 봐줄 생각 없지만."

"……처음에는 대화로 해결하려 했습니다만, 아무래도 그건 어렵겠네요. 그리고 저도 소중한 사람들이 모욕당하는 모습을 보고 얌전히 넘어갈 만큼 착하지는 않거든요."

그 소년답지 않은 서늘한 목소리에 남자의 움직임이 뚝 멈추었다. 그리고 난데없이 '소중한 사람'이라는 말을 들어버린 두 소녀는 얼굴을 새빨갛게 물들이며 몸을 꼼지락댔다.

"우와, 뜨겁다. 화상 입겠어."

옆에서 상황을 지켜보던 카자하가 놀리듯이 말했다.

"칫! 건방진 꼬맹이 같으니. 여기가 학교라도 되는 줄 아는가 보지? 네놈들의 눈앞에 있는 것은 친절한 선생님이 아니라 무시무시한 어른이라 이거야!"

남자는 목에 건 모험가 명패를 움켜쥐고 루이샤 일행에게 과시해 보였다.

남자가 움켜쥔 명패의 재질은 구리. 모험가의 등급은 명패의 재질을 통해 알 수 있었다. 즉, 이 남자는 구리 등급의 모험가다.

모험가 등급은 다섯 단계로 이루어져 있으며, 구리는 가장 아래인 철보다 한 단계 높은 등급이다. 결국 아직 풋내기 모험가나 다름없는 셈이었다.

하지만 구리 등급만 되어도 일반인은 당해낼 수 없다. 그래서 남자는 명패를 보여주면 알아서 겁을 먹을 것이라 여겼다.

그러나 그의 눈앞에 있는 학생들은 여전히 여유로운 분위기를 풍기고 있었다.

"당신이 모험가라는 건 알았어요. 하지만 그게 제가 물러날 이유는 되지 못해요."

"이 꼬맹이가……. 아픈 꼴을 봐야 정신을 차리겠군!"

남자는 거머쥔 칼을 치켜들어 루이샤의 머리를 향해 내리쳤다.

모험가답게 군더더기가 없는 공격이었다. 속도도 그럭저럭 빨랐다. 하지만 차원이 다른 스승들에게 단련 받은 루이샤가 보기에는 멈춰있는 것이나 다름없었다.

옆으로 한 발짝 이동해 공격을 회피한 루이샤는 빈틈투성이인 남자의 복부에 "이얍!" 하고 날카로운 앞차기를 꽂아 넣었다.

기공도, 마력도 싣지 않은 평범한 발차기. 하지만 무한감옥을 나와서도 수련을 게을리하지 않은 루이샤의 근력은 웬만한 모험가들을 가볍게 능가하고 있었다.

"아극……!"

바위조차 산산조각 내버리는 발차기를 정통으로 얻어맞은 남자는 괴로운 표정을 지으며 바닥에 허물어졌다. "허윽, 허억" 하고 호흡을 고르는 게 고작인 듯 보였다. 한동안은 몸을 일으키지도 못할 것이다.

"오오, 대단해. 꽤 아프겠다."

"인정사정이 없네. 뭐, 이런 불량배들한테는 따끔한 교훈이 되겠지."

옆에서 지켜보던 시온과 카자하가 태평한 목소리로 말했다.

"이봐, 꼬맹이들. 까부는 것도 거기까지다."

동료가 당해서 화가 잔뜩 난 두 명의 모험가가 어슬렁어슬렁 다가왔다. 심지어는 모여있던 다른 모험가들까지도 무기를 들고 다가오고 있었다. 충돌을 피하기는 어려워 보였다.

"어이쿠. 들어가기 전에 한바탕하게 생겼네."

"하아, 그러게요. 선배도 도와주실 건가요?"

"후후, 너도 알잖아? 나는 이렇게 재밌는 일이라면 사족을 못 쓰는 거."

시온이 루이샤에게 찡긋 윙크하며 말했다.

"놀아보자고."

모험가는 정의를 위해서 마수나 악당들과 싸우는 자나 돈밖에 모르는 자 등, 목적과 성격이 다양하다. 던전 입구의 봉인이 풀리기만을 기다리면서 보물을 가로챌 생각만 하는 이 모험가들은 명백히 후자였다.

"숫자는 우리가 더 많다! 해치워 버려!"

수적인 우위를 등에 업고 일제히 달려드는 불량 모험가들.

그때 시온이 단신으로 그들을 막아섰다. 시온은 산뜻한 표정으로 길길이 날뛰는 모험가들을 바라보았다.

"후후, 가끔은 선배다운 모습을 보여줘야겠지."

그렇게 말한 뒤, 시온은 손바닥을 앞으로 내밀고 마력을 집중시켰다. 그러자 그의 발치에 마법진이 떠올랐다.

"그럼 간다. 클레이 크래프 : 골렘!"

시온이 마법 주문을 외우자 바닥에 나타난 마법진에서 울룩불룩 부풀어 올라 다섯 개의 흙덩어리가 만들어졌다. 그렇게 생성된 흙덩어리들은 반죽처럼 형태를 바꾸어 땅딸막한 인형이 되었다.

"저 마법은 뭐지?!"

"거, 겁먹지 마!"

"그래! 여전히 우리가 우세하다고!"

모험가들은 처음 보는 마법에 한순간 주춤했지만, 곧 과감하게 시온이 만들어낸 흙 골렘을 공격했다.

"이거나 받아라!"

한 모험가가 골렘을 향해 창을 내질렀다. 창끝이 골렘에게 푹 박히자 모험가는 히죽 웃었다.

하지만 그의 미소는 금세 사라졌다.

"아, 안 뽑혀!"

골렘의 몸에 박힌 창은 단단히 고정되어 움직일 기미가 없었다.

심지어 골렘은 배가 꿰뚫렸는데도 아무렇지 않은 듯이 보였다. 이윽고 골렘이 천천히 자리에서 몸을 일으켰다.

"제길, 이거 놔!"

모험가가 창을 뽑아내려 안간힘을 썼지만, 꼼짝도 하지 않았다.

"해치워 버려, 골렘."

골렘이 주인의 명령에 따라 두꺼운 주먹을 치켜들더니, 겉보기와 다르게 날렵한 움직임으로 모험가를 후려쳤다.

"커흑?!"

바위로 머리를 얻어맞는 듯한 충격에 모험가는 의식을 잃고 쓰러져 버렸다.

대상이 쓰러졌음을 확인한 골렘은 배에 꽂힌 창을 퉤 하고 몸밖으로 토해낸 뒤, 남아있는 모험가를 향해 고개를 돌렸다.

"힉……!"

동업자의 공격이 전혀 통하지 않는 수수께끼의 적을 눈앞에 두고 모험가들은 겁을 집어먹었다. 상황이 불리하게 돌아간다는 사실을 직감한 그들은 수치심을 무릅쓰고 도망칠 생각을 하기 시작했다. 하지만 그들 중에도 아직 냉정함을 유지하고 있는 인간이 존재했다.

"우, 움직이지 마!"

등 뒤에서 갑자기 들려온 목소리에 뒤를 돌아보는 루이샤 일행.

한 모험가가 카자하의 목에 나이프를 들이대고 있었다. 루이샤 일행 중에서도 가장 약해 보이는 카자하를 노리고 은밀하게 접근한 것이다.

"멈춰! 조금이라도 움직였다간 이 여자가 어떻게 될지 알고 있겠지? 알았으면 얌전히 굴어!"

승리를 확신한 듯 득의양양한 표정을 짓는 모험가.

모험가는 꼬맹이들을 절망감에 빠트렸다고 생각하며 루이샤 일행을 쳐다보았지만…… 어째선지 다들 눈앞의 모험가에게 연민 어린 시선을 보내고 있었다.

"네, 네놈들! 지금 상황이 이해가 안 되는 거냐?! 계속 그런 태도로 내왔다간 이 나이프로…… 어라?"

남자의 입에서 얼빠진 목소리가 새어 나왔다.

그럴 만도 했다. 남자가 움켜쥔 나이프가 어느샌가 잘려있었다.

"아저씨. 너무 큰 소리 내지 않는 게 좋아. 우리 '애들'은 감정 조절이 서툴거든."

"우리 애들? 무슨 소리야? 됐으니까 넌 얌전히……."

허리에서 새로운 나이프를 뽑아 카자하를 위협하려던 남자가 중간에 말을 뚝 멈추었다. 왜냐하면 새롭게 꺼낸 나이프의 날이 서걱! 하는 의문의 소리와 함께 느닷없이 절단되어 버렸기 때문이다.

"아아, 그러니까 조심하라고 했잖아. 완전히 깨어나 버렸네."

이윽고 카자하의 옷 틈새에서 녹색의 거대한 낫이 스르르 모습을 드러냈다. 도대체 어떻게 옷 안에 들어가 있었는지 의아할 정도의 크기였다. 뒤따라 나온 낫의 자루도 상당한 길이를 자랑했다.

"이, 이게 뭐야……?!"

모험가가 놀라는 것도 무리가 아니었다.

놀랍게도 카자하의 낫은 살아있었다. 낫과 자루의 결합부가 관절처럼 자체적으로 움직이고 있었다. 이윽고 모습을 전부 드러낸 녹색의 낫의 정체는 거대한 사마귀였다.

"끼긱, 끼기긱……."

밖으로 나온 사마귀가 자신의 주인에게 나이프를 들이댄 남자를 쳐다보았다.

"히익!"

남자는 황급히 달아나려 했지만, 공포로 인해 다리가 제대로 움직이지 않았다. 사마귀는 그 빈틈을 놓치지 않고 낫이 달려 있지 않은 팔로 남자를 후려쳤다.

"끄악?!"

별거 없는 타격이라고 하나 인간보다 월등히 거대한 몬스터의 공격이다. 남자는 그대로 기절해 버렸다.

자신의 승리를 확인한 사마귀는 어리광을 부리듯 카자하에게 머리를 들이댔다.

"깨워서 미안해, 맨티. 금방 끝낼게."

카자하가 맨티라고 부른 이 곤충은 빅 맨티스. 강인한 턱과 날카로운 낫을 무기로 삼는 몬스터였다. 보통 곤충 몬스터는 인간이 길들일 수 없는데, 맨티는 카자하를 무척 친근하게 대했다. 이 놀라운 광경에 모험가들은 질겁했다.

"오, 재밌는걸. 저런 몬스터를 길들이고 있었구나."

질겁하는 모험가들과 달리 시온은 흥미진진한 얼굴로 빅 맨티스를 관찰했다. 아무래도 시온에게는 '재밌는' 범주에 속하는 상황인 모양이었다.

"나중에 천천히 구경시켜 줘. 또 어떤 애들이 있어?"

"지금은 그럴 때가 아니잖아요. 저쪽도 아직 더 싸울 생각인 것 같고."

카자하의 말대로 모험가들은 아직 투지를 불태우고 있었다. 다리를 부들부들 떨면서도 무기를 단단히 거머쥐고 카자하와 빅 맨티스를 노려보고 있었다.

"치, 침착해! 빅 맨티스 하나쯤은 별거 아니잖아! 저런 꼬맹이한테 꼬리를 내릴 작정이냐!"

모험가 조합에서 지정한 빅 맨티스의 위험도는 C랭크다. 구리등급 모험가가 해치울 수 있는 수준이다. 도저히 이길 수 없는 상대는 아니었다. 하지만 그것은 어디까지나 일대일에 한한 이야기였다.

"어차피 맨티도 눈을 떠 버렸으니 다른 애들도 깨워야지."

말이 끝나기가 무섭게 카자하의 옷 속에서 다종다양한 벌레듯이 우르르 쏟아져 나왔다.

도대체 어디에 이만한 숫자의 벌레들이 들어가 있었던 것일까. 빅 맨티스 한 마리만 하더라도 카자하의 몸집보다 훨씬 크건만, 다른 곤충들까지 집어넣기란 상식적으로 불가능해 보였다.

"자, 시작해 볼까."

주인의 명령이 떨어지자 벌레들은 공중으로 떠올라 모험가들을 응시했다.

"저게 다 뭐야! 킬러 호넷에다 포이즌 플라이…… 파이터 비틀까지?! 저런 괴물들을 부린다고?!"

모험가 중 한 명이 외쳤다. 그가 언급한 마물들은 하나같이 위험한 능력을 지닌 곤충 몬스터였다. 한 마리의 전투력은 대단치 않지만, 무리를 지으면 위험도가 급격히 상승한다.

모험가들의 절망적인 표정을 본 카자하는 만족한 듯 사악한 미소를 지었다. 아무래도 모험가들의 표적이 되었던 것이 내심 마음에 들지 않았던 모양이다.

"이걸로 머릿수는 같아졌네. 그럼 시작해 볼까."

카자하의 벌레들이 시온의 골렘 근처에 모여 모험가들과 대치했다.

모험가들은 꼬맹이들에게 질 수 없다는 자존심 때문에 달아나지 않고 있었지만, 개중에는 당장이라도 울음을 터트릴 것처럼

보이는 자도 있었다.

하지만 골렘과 벌레들은 무정하게도 그들을 향해 달려들었다.

전력 차는 명백했다. 누군가는 골렘에게 얻어맞고, 또 누군가는 벌레에게 쏘이면서 차례차례 쓰러져 갔다.

"제, 제길!"

승기가 없다는 사실을 깨달은 모험가 중 하나가 도주를 시도했다. 하지만 카자하가 재빠른 몸놀림으로 그의 앞을 가로막았다.

"싸움을 걸어놓고 도망치려 하다니 배짱도 좋군요. 좀 더 같이 놀아주시죠?"

"기어오르지 마라, 땅꼬마 같은 게! 미드 파이어!"

모험가가 그녀에게 화염구를 날렸다. 화염구는 일직선으로 날아가 그녀에게 명중했다.

남자는 "꼴좋다!" 하고 쾌재를 불렀다. 하지만 연기가 걷히고 카자하가 모습을 드러낸 순간 남자의 얼굴은 절망으로 물들었다.

어디선가 나타난 거대한 지네가 카자하의 몸을 휘감아 화염구를 막아낸 것이다.

"고마워 꿈틀아. 사랑해."

카자하가 지네를 쓰다듬어 주며 말했다. 곤충이다 보니 표정은 알 수 없었지만, 꿈틀이는 "찌직, 찌지직" 하고 애교를 부리듯 소리를 냈다.

이 지네는 천각지네라고 불리는 몬스터였다. 5m를 넘는 거체와 무서운 속도로 움직이는 강인한 다리, 그리고 중급 마법 정도로는 흠집도 나지 않는 견고한 갑각이 천각지네의 무기였다. 경계심이 강해서 좀처럼 사람들 앞에 모습을 보이지 않는 몬스터로, 당연히 인간이 길들였다는 이야기는 이제껏 들어본 적이 없었다.

하지만 카자하와 꿈틀이는 강력한 인연으로 맺어져 있었다.

"자, 그럼 슬슬 끝내기로 할까요. 꿈틀아, 해치워 버려!"

카자하의 명령이 떨어지자 꿈틀이는 천 개에 달하는 다리를 고속으로 움직여 남자에게 접근했다.

"다, 다가오지 마!"

남자는 필사적으로 무기를 휘두르며 저항했지만 꿈틀이의 속도에 반응하지 못하고 간단히 붙잡혀 버리고 말았다.

그리고 꿈틀이는 남자의 몸을 빙글빙글 휘감아 엄청난 힘으로 옥죄기 시작했다.

행주처럼 강하게 쥐어짜인 남자는 "하윽……" 하고 무력한 소리를 내며 졸도해 버렸다.

이윽고 꿈틀이는 구속을 풀어 남자를 풀어주었다. 맨티와 꿈틀이는 카자하의 우수한 병사였다. 명령받지 않은 이상 무익한 살생은 하지 않았다.

물론 주인인 카자하의 생명을 위협하는 자들이 나타난다면 망설임 없이 목숨을 빼앗을 테지만.

"수고했어. 마침 저쪽도 끝난 모양인걸."

카자하가 시온이 있는 방향을 쳐다보며 말했다. 마침 마지막 모험가가 골렘에게 얻어맞고 근처의 벽에 처박히던 와중이었다.

"이만 합류하자."

꿈틀이는 카자하의 말에 "끼기익!" 하고 기쁨을 담아 대답했다.

◇ ◇ ◇

루이샤 일행에 의해 기절한 스물한 명의 모험가들.

일행은 루이샤의 말에 따라 모험가들을 일렬로 나란히 눕혀 놓았다. 루이샤는 한 모험가 앞에 웅크려 앉더니 그의 머리 양쪽에 양손을 얹었다. 이를 지켜보던 카자하가 말했다.

"루이샤의 말대로 했는데, 뭘 하려고? 이 녀석들이 눈을 뜨기 전에 얼른 던전으로 들어가는 게 좋지 않아?"

"이번 건으로 괜한 원한을 남겨두고 싶지는 않거든. 우릴 만난 기억을 지울 거야."

"아하, 그렇구나. 확실히 그러는 편이…… 잠깐, 뭐?! 기억을 지울 수 있다고?!"

화들짝 놀라서 자기도 모르게 태클을 걸어버린 카자하. 기억을 지우는 마법이란 그만큼 희귀한 마법이었다.

"역시 정신 조작계 마법인가?"

"아니, 이건 전기 계통의 마법이야."

"저, 전기? 전기가 기억이랑 무슨 관계가 있길래?"

어리둥절한 목소리로 되묻는 카자하.

샤로를 비롯한 다른 일행들도 궁금해하며 두 사람의 대화에 귀를 기울였다.

"스승님께 들은 말인데, 기억이라는 건 머릿속에 흐르는 전기와 밀접하게 관계가 있다나 봐. 그래서 사람의 머릿속에 전기를 흘려 넣으면 기억을 어느 정도 조작할 수가 있대."

"무슨 말인지 잘은 모르겠지만 굉장하네. 앞으로 루이샤한테 잘 보여야겠어."

"하하, 친구의 기억에 손을 댈 생각은 없으니까 걱정 마."

루이샤가 웃으며 말했다. 하지만 여차하면 태연한 얼굴로 행동에 옮길 것이라 직감한 카자하는 루이샤를 적으로 돌리지 말자고 마음속으로 맹세했다.

"그럼 조금만 기다려."

루이샤는 친구를 겁먹게 했다는 사실도 모른 채 자신의 양쪽 손가락을 모험가의 머리통에 푹! 박아 넣었다.

보기만 해도 고통스러운 그 광경에 친구들은 하나같이 얼굴을 찡그렸다.

"어디 보자…… 분명 전기의 출력을 최소한으로 줄이고, 파장을 본인에게 맞춰서……."

루이샤는 마왕 테스타롯사의 가르침을 떠올리며 모험가의 머리에 접속을 시도했다. 이윽고 손가락에서 흘러나온 미약한 전기가 뇌로 들어갔고, 곧 이변이 발생했다.

"아브, 아브브브브!"

모험가가 경련하면서 이상한 소리를 내기 시작했다. 살짝 불안해진 샤로가 루이샤에게 물었다.

"루이, 이거 정말로 괜찮은 거야?"

"아, 아마도? 나도 사람한테 써보는 건 처음이라 자신 없지만."

"뭐? 전부터 생각했지만, 꽤 막무가내구나……."

루이샤는 샤로의 말을 "하하하" 하고 웃어넘기며 작업에 집중했다.

하지만 전력을 조절하고, 파장을 바꿔봐도 좀처럼 생각했던 결과가 나오질 않았다. 약간 초조해지기 시작한 루이샤는 전력을 높여 결판을 내기로 했다.

"이러면…… 어때!"

단숨에 강한 전기를 흘려보내자 모험가의 머리에서 퍼엉! 하고 연기가 피어올랐다.

잠시 후, 연기가 잦아들고 모험가가 깨어났다. 모험가는 "으음…… 여기는……?" 하고 주변을 둘러보았다.

"아, 안녕하세요."

느닷없는 폭발에 놀란 루이샤는 애써 태연함을 가장하며 인사를 건넸다.

정신을 차린 모험가는 루이샤를 빤히 관찰하기 시작했다.

"응? 넌……?"

"제, 제가 왜……."

"아니, 왠지 모르게 낯이 익어서……."

한동안 루이샤를 쳐다보며 고개를 갸웃하는 모험가.

"……내 착각인가. 어디서 봤다고 생각했는데 말이지."

그 말에 안도의 한숨을 내쉰 루이샤는 수도를 내리쳐 남자를 다시 기절시켰다.

이윽고 루이샤는 활짝 웃으며 동료들을 돌아보았다.

"이 정도면 쓸만하겠어! 지금부터 다른 사람들의 기억도 지울 테니까 조금만 기다려 줘."

루이샤의 환한 미소를 본 동료들은 루이샤만큼은 절대로 화나게 하지 말자고 마음속으로 다짐했다.

모험가들의 기억 처리를 마친 루이샤 일행은 마침내 오래된 던전의 입구 앞에 당도했다.

석재를 쌓아 만든 던전의 입구는 지하 깊숙한 곳으로 이어져 있었다.

"여기가 던전이구나. 직접 와보는 건 처음인데, 분위기가 신비롭네요."

루이샤는 던전에 깃들어 있는 마력을 피부로 느꼈다.

"이게 봉인이군요. 확실히 샤로의 검에 새겨진 것과 같은 문양이네요."

던전의 입구에는 침입자를 거부하듯 반투명한 벽이 존재했고,

이 벽에 용사 일족에 전해지는 문장이 떠올라 있었다.

시온이 근처에 떨어져 있던 돌멩이를 주워 문장을 향해 던지자 돌멩이는 불꽃을 튀기며 산산조각이 났다.

"뭐, 방금 본 대로야. 샤로, 부탁할 수 있을까?"

"……네. 해볼게요."

마음을 다잡고 봉인이 있는 곳으로 다가가는 샤로.

그런데 그때 루이샤가 샤로의 팔을 붙잡았다.

"왜 그래?"

"아니, 저기…… 혹시 나를 위해서 무리하는 거라면 그러지 마. 봉인은 내가 어떻게든 궁리해서 풀어 볼 테니까."

루이샤가 걱정스러운 표정을 지으며 말했다.

그 모습을 지켜보던 샤로는 무심코 "풋!" 하고 웃음을 터트렸다.

"뭐, 뭐가 웃긴데!"

"후후, 걱정해 줘서 고마워. 하지만 안심해. 이건 나를 위한 일이기도 하니까."

"그게 무슨 뜻이야?"

"나도 알고 싶거든. 우리 조상이 어떤 사람이었는지를."

여전히 놀란 얼굴인 루이샤를 내버려 둔 채 샤로는 봉인 앞으로 이동했다.

그녀는 복잡한 얼굴로 용사의 문장을 바라보았다. 샤로는 입학 시험 날 루이샤에게 패배하기 전까지 자신의 선조를 맹목적으로 믿고 있었다. 자신도 언젠가 전설의 용사 같은 인물이 되어야 한다는 사명감이 있었다.

하지만 그것은 옳지 못한 사고방식이었다.

루이샤에게 패하고 다른 Z반 학생들과 접하는 사이, 자신의 행동 원리를 선조에게 맡기는 것은 뭔가 잘못되었다는 생각이 들기 시작했다.

그래서 샤로는 자신의 조상이 어떤 생각으로 싸웠는지를 알고 싶었다. 나아가 자신이 진정으로 원하는 것이 무엇인지를 찾아내고 싶었다.

'그러니 이런 곳에서 주저하고 있을 수는 없어!'

샤로는 각오를 다지고 문장으로 오른손을 뻗었다. 샤로의 손끝이 문장에 닿은 순간 파직, 하고 자극이 발생하더니 문장이 이에 반응하듯 강한 빛을 발했다. 빛은 이윽고 조금씩 잦아들었고, 이내 곧 소멸했다.

이를 지켜보던 시온이 씨익 웃었다.

"후후, 내 예상이 맞았던 모양이네."

시온은 그렇게 말하며 던전의 입구 안으로 발을 내디뎠다. 느닷없이 바닥이 꺼지거나 창이 솟아나거나 하지는 않았다. 함정은 없는 듯했다.

"휴, 다행이다. 봉인은 무사히 해제된 모양이야."

"용사의 자손만이 풀 수 있는 봉인이라니, 상당히 엄중하네. 도대체 어떤 보물이 잠들어 있길래."

"뭐, 가보면 알겠지, 카자하. 신중하게 나아가자."

"루이샤 님의 안전은 제가 지킬 테니 안심해 주세요."

"너는 자기 몸부터 걱정하는 게 어때?"

시끌벅적하게 떠들며 던전으로 진입하려 하는 루이샤 일행. 그런데 불현듯 누군가가 그들을 불러 세웠다.

"잠깐만 기다려 주세요!"

"'어?'"

목소리가 들려온 곳으로 고개를 돌리는 다섯 일행.

그곳에는 처음 보는 삼인조가 있었다.

허리에 검을 찬 경갑 차림의 남성 검사, 어두컴컴한 의상에 나이프를 든 남자, 그리고 검은색의 로브와 기다란 지팡이가 인상적인 마법사 여성이었다.

처음에 말을 걸었던 남성 검사가 루이샤 일행에게 말했다.

"우리도 같이 가면 안 될까?!"

"예? 누구신데요?"

루이샤가 그렇게 물어보는 것도 당연했다. 던전 탐색이란 늘 위험을 동반한다. 어디에 함정이 있는지도 모르는 폐쇄된 공간이기에 무턱대고 도망칠 수도 없다. 일면식도 없는 사람과 동행하기에는 리스크가 너무 컸다. 루이샤의 동료들도 갑작스레 나타난 인물들을 경계하며 임전 태세에 돌입했다.

루이샤가 경계하는 걸 눈치챈 남자는 양손을 치켜들어 전투 의사가 없음을 어필했다.

"노, 놀라게 해서 미안! 나는 모험가인 마크스야! 너희들에게 해를 끼칠 생각은 없어!"

세 사람은 경계하는 루이샤 일행들에게 자기소개를 시작했다.

그들은 자칼이라는 이름으로 활동하는 모험가 파티였다.

허리에 검을 찬 남성이 리더인 마크스.

모자와 의상을 새까맣게 통일한 남성이 짐.

그리고 검은색의 로브를 두른 여성이 마르.

셋 모두 구리 등급의 모험가였다. 모험가로서는 신출내기였다.

"그래서 같이 가자는 게 무슨 말이죠?"

"너무 그렇게 경계하지 마. 우리는 너희에게 협력하고 싶어서 말을 걸었어."

"협력이라고요?"

"그래. 사실 아까 싸움을 몰래 지켜봤거든. 아, 도와주지 못한 건 미안해. 안타깝지만 우리 실력으로는 도와주고 싶어도 도와줄 수가 없을 거 같아서."

마크스는 면목이 없다는 듯이 머리를 숙였다.

확실히 루이샤의 눈에도 그들은 도저히 강해 보이지 않았다. 말마따나 힘을 빌려줬다 해도 별다른 도움은 되지 못했을 것이다.

"너희들이 우리와 함께 싸우지 않았던 건 아무래도 좋아. 근데, 그런 녀석들도 이기지 못하는 너희를 우리가 던전에 데려가야 할 이유도 없는 거 같은데?"

샤로가 따지자 마크스는 기다렸다는 듯이 웃어 보였다.

"그렇지 않아. 네 말대로 우리는 약하지만, 대신 던전 탐색 경험이라면 풍부하거든. 함정을 발견하는 법, 숨겨진 통로 찾기, 보물 탐색과 자물쇠를 따는 법말이야. 너희는 던전을 잘 모르지?"

루이샤 일행은 마크스의 설명을 듣고 "하긴……" 하고 납득했다.

하지만 그렇다고 해서 이들을 간단히 받아들일 수는 없었다. 루이샤 일행은 가까이 모여 모험가들에게 들리지 않도록 속닥속닥 대화를 나누었다.

"어쩌게, 루이? 정체도 모를 녀석들을 정말로 데려갈 거야?"

"글쎄. 그런데 우리가 던전에 대해서 모르는 건 사실이잖아. 함께 가는 편이 좋지 않을까……."

"나는 내 몫의 보물이 줄어드니까 반대."

"난 재밌기만 하면 뭐든 좋아."

"저는 루이샤 님의 결정에 따르겠어요."

대화를 나누는 루이샤 일행에게서 부정적인 분위기를 읽은 마크스는 거절당할지도 모르겠다는 불안감에 다급히 입을 열었다.

"자, 잠깐! 이것 좀 봐. 우리는 이래 봬도 여러 던전을 다니면서 희귀한 마도구를 손에 넣었거든!"

"네? 마도구요?!"

미끼를 덥석 문 루이샤를 보고 마크스는 환하게 웃었다. 마크스는 등에 메고 있던 배낭을 바닥에 내려놓고 안에서 마도구를 꺼내 들었다.

"먼저 이것부터. 이건 '앰프 이어링'이라는 귀걸이인데, 착용하면 청력이 상승하는 효과가 있어."

"오호~."

"뭐, 한 짝밖에 없어서 한쪽 귀밖에 착용할 수 없지만 말이지!"

마크스가 그렇게 덧붙이자 루이샤는 대놓고 실망한 표정을 지었다. 쓸데없는 소리를 해버렸다고 반성한 마크스는 다음 마도구를 꺼내 들었다.

"이, 이번에는 더 굉장할걸! 이 '차지 링'은 장비한 사람의 마력을 흡수해서 내부에 저장해 둘 수 있어!"

"오오, 쓸만해 보이네요!"

"뭐, 최대치까지 저장해도 마력을 계속 흡수해서 멋대로 방출해 버리지만 말이지!"

"아, 네……."

또 쓸데없는 소리를 해버린 마크스는 아차, 하고 자신의 입을 틀어막았다. 그리고 이번에는 실수하지 말자고 다짐하며 마도구를 꺼내 들었다.

"그러면 이건 어때! 이 은색의 쇠사슬 목걸이는 '분신 메달'이라고 하는데, 목에다 걸면 어떠한 공격도 한 번 막아낼 수가 있어!"

"이번에는 정말로 쓸모 있어 보이네요! 시험해 봐도 되나요?"

"아, 가벼운 공격이라도 한 대만 맞으면 부서지니까 그건 좀."

"아이고……."

주변을 감도는 미묘한 공기. 마크스는 이후로도 쓸모가 있을지 미묘한 마도구를 선보이며 필사적으로 자신들의 존재 가치를 어필했다.

"……알겠습니다. 당신들과 같이 갈게요."

"저, 정말로?! 해냈다!"

필사적으로 노력한 보람이 있었는지 루이샤는 결국 세 사람의 동행을 허가해 주었다. 내심 포기했던 세 사람은 하이파이브를 하면서 기뻐했다.

"그러면 던전의 함정이나 구조물은 우리가 담당할 테니, 전투는 너희들이 맡아줘!"

마크스는 당당하게 전투에서 빠지겠다고 선언한 뒤 루이샤 일행의 뒤쪽으로 이동했다.

"자, 출발하자! 보물을 찾아서!"

기운차게 외치는 새 동행자를 바라보면서 샤로는 "하아, 정말 괜찮을까" 하고 불안 섞인 한숨을 토해냈다.

새로운 동행자와 함께 던전을 나아가는 루이샤 일행.

던전의 내부는 어두운 편이었지만 마력으로 빛나는 램프가 몇 미터 간격으로 설치되어 있어서 큰 문제는 없었다.

하지만 언제 무슨 일이 터질지 알 수 없었다. 일행 중에서도 제일가는 실력자인 루이샤가 선두를 지켰고, 실력에 자신이 없는 모험가 삼인조는 최후미에 붙어 따라왔다.

"제법인걸, 리더! 설마 이렇게 간단히 동행하게 될 줄이야!"

"후후후, 전부 내 계산대로야. 나한테 걸리면 꼬맹이들을 구워삶는 것쯤 식은 죽 먹기지!"

수군수군 대화를 나누며 남몰래 미소 짓는 삼인조의 리더 마크스.

사실 이들은 며칠 전부터 던전 앞에 숨어서 봉인이 풀리기만을 기다리고 있었다.

그러던 와중 우연히 나타난 루이샤 일행. 다른 모험가들을 순식간에 처치했을 뿐만 아니라 봉인까지 풀어버린 이들을 삼인조는 놓치지 않았다.

"꼬맹이 녀석들한테는 미안하지만, 이 던전의 보물은 우리 '자칼'이 차지한다. 우리를 위해서 분발해 줘야겠어……!"

삼인조 모험가 그룹인 자칼은 별로 강한 파티가 아니었다. 대신 강자들을 잘 구워삶아 어부지리를 노리는 것이 특기였다. 루이샤 일행은 운 나쁘게도 그 표적이 되고 말았다.

자칼의 멤버들은 만약 강력한 마물이 나타난다면 전부 루이샤 일행에게 떠넘기고 도망쳐 버릴 생각을 하고 있었다.

'크크큭, 꼬맹이들의 신뢰를 얻는 것쯤이야 간단하지. 일단은 던전 탐색의 선배로서 가르침을 좀 주도록 할까.'

마크스는 선두에 서 있는 루이샤의 옆으로 이동해 따라 걷기 시작했다.

"응? 무슨 일인가요, 마크스 씨."

"걷기만 하면 따분하잖아. 던전에 관한 이야기라도 할까 해서."

"정말인가요! 얏호!"

루이샤가 진심으로 기쁘다는 듯 반짝이는 눈으로 마크스를 응시했다. 그 순박하기 그지없는 반응에 마크스는 가슴이 옥죄이는 것을 느끼며 "윽" 하고 신음을 흘렸다.

"왜 그래요?"

"아, 아무것도 아냐. 그보다 조심하는 편이 좋아, 루이샤 군. 이렇게 어둡고 좁은 통로에는 반드시 함정이 설치되어 있거든."

"오호, 어떤 함정이요?"

"내가 본 건 밑에서 창이 솟아나는 함정과 활이 발사되는 함정이야. 날에 독이 발린 경우도 있으니 해독제는 필수지. 이런 함정은 보통 바닥의 스위치로 발동하니 항상 발밑을 조심해야 해."

마크스가 뽐내듯이 말하기가 무섭게 루이샤의 발밑에서 덜컥 소리가 났다. 마치 시간이라도 정지한 것처럼 제자리에 딱 멈춘 두 사람은 천천히 발밑으로 시선을 향했다. ……루이샤가 밟은 돌바닥이 움푹 들어가 있었다.

"……마크스 씨가 말씀하신 스위치란 게 바로 이건가요?"

"……응."

마크스가 대답한 순간, 쿵! 하는 소리와 함께 일행의 뒤쪽에서 무언가가 굴러떨어졌다.

"저건…… 바위?!"

직경 2m를 넘는 거대한 바위였다. 통로가 밑으로 경사져 있었기에 바위는 일행을 향해서 무서운 기세로 데굴데굴 굴러왔다.

"말하자마자 함정을 밟는 법이 어딨어!"

"아, 아하하. 죄송합니다."

"떠들 시간이 있으면 얼른 도망쳐!"

샤로가 재촉하자 루이샤는 굴러오는 바위를 피해 내달리기 시작했다.

경사진 통로가 계속해서 이어져 있었기에 바위의 속도는 끊임없이 빨라져 갔다. 이대로 가다가는 머지않아 따라잡히고 말 터였다.

"너희들! 이럴 때를 위해서 따라온 거잖아?! 어떻게든 해 봐!"

"어어?! 우리가?!"

샤로의 지시에 마크스는 노골적으로 싫은 표정을 지었다. 이렇게 위험한 일은 주특기가 아니었지만 던전의 함정은 자신들에게 맡기라고 호언장담을 한 이상 거절할 수는 없었다.

"으윽…… 아, 알았어! 하면 되잖아! 부탁한다, 마르!"

"에엑?! 제가요?!"

"이럴 때를 위해서 존재하는 게 마법이잖아! 힘내!"

"으으, 하면 되잖아요, 하면!"

마지못해 리더의 지시를 따르는 자칼의 마법사 마르. 그녀는 뒤를 돌아보며 마법을 영창했다.

"미드 애로우!"

마르가 지팡이를 휘두르자 50cm 길이의 마법 화살이 생겨나 바위로 날아갔다. 하지만 바위와 부딪친 화살은 티잉! 소리와 함께 소멸해 버리고 말았다.

"아앗?! 내 마법이 소멸했어!"

"마봉석이었냐! 제기랄, 어째서 마봉석을 함정 따위에 쓰는 건데?!"

마크스가 언급한 마봉석이란 글자 그대로 마법을 무력화시키는 돌을 뜻한다.

마봉석은 굉장히 귀중한 물질이기 때문에 좀처럼 찾아보기 힘들었지만, 놀랍게도 지금 루이샤 일행을 쫓아오고 있는 바위는 온통 마봉석으로 이루어져 있었다.

"마크스 씨! 마봉석을 공략하는 방법은 없나요?!"

"응? 마봉석의 공략법?"

루이샤의 질문을 듣고 생각에 빠지는 마크스.

하지만 마봉석이란 흔하게 접할 수 있는 물건이 아니다. 수많은 던전에 드나들었던 마크스도 딱 한 번밖에 보지 못했을 정도다.

"……예전에 마봉석으로 만들어진 자물쇠를 본 적이 있는데, 동행했던 검사가 베어버렸어. 하지만 그 녀석은 금 등급의 실력자였지. 마봉석은 엄청나게 단단하니까 사실상 부술 수가 없어!"

"그렇군요. 마법이 아니면 파괴할 수 있는 거네요."

그렇게 말한 뒤, 루이샤는 발걸음을 돌려 왔던 길을 역주행하기 시작했다.

갑작스러운 행동에 자칼의 멤버들은 당황을 금치 못했다.

"어, 어이! 무슨 짓이야, 멍청아!"

세 사람은 무모한 짓을 벌이는 루이샤를 불러 세우려 했다. 하지만 이번에는 오히려 샤로와 아이리스가 그들을 말렸다.

"괜찮아. 저 녀석을 믿도록 해."

"맞아요. 루이샤 님이라면 걱정할 것 없어요."

두 사람은 신뢰로 가득 찬 눈으로 루이샤를 바라보았다.

루이샤는 오른 주먹을 강하게 움켜쥐고 굴러오는 커다란 바위를 후려칠 준비를 하고 있었다.

"기공술 공격식 1형태, 운철권! 바위 뚫기!"

기공을 담은 운철권에 중지의 두 번째 관절을 앞으로 돌출시킴으로써 관통력을 증가시킨 파생술이다.

루이샤의 주먹과 격돌한 바위는 굉음과 함께 산산조각 주변에 잔해를 흩뿌렸다.

""""이럴 수가……!""""

경악스러운 광경에 입을 뻐끔거리는 자칼의 세 모험가. 검으로 베기도 쉽지 않건만 맨손으로 파괴해 버리다니. 도저히 믿기지 않았다.

"터, 터무니없는 녀석을 따라와 버렸군……."

마크스의 중얼거림을 들은 두 사람이 끄덕끄덕 동의를 표했다.

엄습해 온 바위를 파괴하는 데 성공한 루이샤 일행은 다시금 길게 이어진 통로를 나아갔다. 그렇게 10분 정도 걸어가자 통로가 끝나며 두꺼운 석문이 나타났다. 아무래도 다음 방으로 이어지는 문인 듯했다.

"오, 드디어 이 어두컴컴한 통로와도 이별인가. 답답했는데 다행이다."

"자, 다음에는 어떤 재밌는 장소가 기다리고 있으려나……."

시온은 두근거리는 표정으로 석문을 열고 안으로 들어섰다.

문 안쪽에는 큼지막한 방이 존재했다. 루이샤 일행이 전부 들어가고도 여유롭게 움직일 수 있을 정도의 넓이였다. 천장의 높이도 5m는 되어 보였다.

하지만 아무것도 없었다. 문도 없고 이렇다 할 물건도 없었다.

일행은 방 안을 구석구석 조사했지만, 스위치도 숨겨진 통로도 없었다.

"……괴상한 방이네. 아무런 장치도 없다니. 이미 누군가가 여기에 있던 보물을 전부 빼돌린 게 아닐까? 빈손으로 돌아가기는 싫은데."

"그러지 말고 좀 더 찾아보자, 카자하. 기껏 여기까지 왔잖아."

태연하게 대화를 나누는 카자하와 시온. 마크스는 그런 두 사람을 나무랐다.

"이봐, 너희들. 방심하지 마. 이런 방에도 무언가 함정이 설치되어 있을 가능성이 커. 예를 들어…… 우리가 들어왔던 문이 닫히면 함정이 작동한다거나 말이지."

마크스가 말을 마친 그때, 방 안에 덜커덩 문이 닫히는 소리가 울려 퍼졌다. 조심스럽게 소리가 난 방향으로 고개를 돌린 마크스는 문 앞에 서 있는 루이샤의 모습을 목격했다.

"너, 너…… 또…….."

붕어처럼 입을 뻐끔거리는 마크스.

루이샤는 뒤늦게 자신이 무언가 잘못을 저질렀다는 것을 깨달았다.

"어라, 닫으면 안 되는 건가요?"

마크스가 그 질문에 대답하기도 전에 방의 장치가 작동했다. 철컹! 하고 천장에서 무수한 가시가 돋아나더니 천장째로 루이샤 일행을 향해서 내려오기 시작했다. 이대로라면 몇 분 지나지 않아 꼬치 신세가 될 거다.

"""끄아아아아아악! 죽고 싶지 않아아!"""

절체절명의 위기에 울고불고 소리치는 자칼의 멤버들.

천장이 내려오는 함정 자체는 별로 드물지 않다. 오히려 고전적인 함정이다. 하지만 그게 대수롭지 않다는 건 아니다. 이 함정에 빠진 사람 중 9할이 죽었으니까. 매년 수많은 모험가와 보물 사냥꾼들의 목숨을 앗아가는 함정이다.

한번 빠지면 생환할 가망이 없기에 구리 등급 이하의 모험가들은 탈출하길 포기하고 유서를 쓴다고 전해진다. 자칼의 멤버들도 품속에서 종이를 꺼내 들고는 울먹이며 유서를 쓰기 시작했다.

"사랑하는 어머니께. 불효자라서 죄송합니다. 액수는 얼마 안

되지만 제 유산은 마음대로 사용해 주세요…….”

후회막심한 얼굴로 중얼거리는 세 사람. 그러나 그들과는 달리 루이샤 일행은 냉정했다.

“시온 씨, 잠시 시간을 벌어주실 수 있나요?”

“응, 알겠어. 나한테 맡겨.”

루이샤에게 부탁을 받은 시온은 천장을 올려다보며 마력을 모으기 시작했다.

“클레이 크래프 : 필라!”

시온이 마법을 발동시키자 바닥에서 네 개의 굵직한 기둥이 솟아났다. 무럭무럭 자라난 기둥은 쿵 소리와 함께 천장을 밑에서 떠받쳤다.

“이걸로 몇 분은 벌 수 있을 거야. 탈출구 확보 부탁할게!”

“그러면 이번에는 내 차례인가.”

카자하는 그렇게 말하며 오른손을 앞으로 내밀었다. 그러자 소매 안쪽에서 무수히 많은 파리들이 쏟아져 나와 벽과 바닥을 뒤덮기 시작했다.

그 끔찍한 광경에 자칼의 멤버들은 무심코 “우웩!” 하고 헛구역질을 했다.

“카자하, 그건 어떤 벌레야?”

“이 녀석들은 군대파리라고 하는데, 평범한 파리보다 훨씬 강하고 똑똑해. 감지 능력이 뛰어나서 숨겨진 통로 하나나 둘쯤은 금세 찾아내지. 뭐, 그만큼 내 마력을 잔뜩 잡아먹지만.”

카자하는 벌레에게 힘을 빌려주는 대신 자신의 마력을 제공해 주고 있었다. 수많은 파리를 전부 길들이려면 상당한 양이 필요할 거다.

"오, 뭔가를 발견한 모양이야, 루이샤."

대량의 마력을 나눠준 보람이 있었는지 군대파리들이 방 한구석에서 무언가를 발견해 냈다.

"저쪽 벽에서 미약한 공기의 흐름을 느꼈나 봐. 뒤쪽에 공간이 있는 걸까."

"과연. 시간이 없으니 제가 나설게요."

그렇게 말하며 벽 쪽으로 저벅저벅 걸어가는 아이리스.

이미 그녀의 오른손에는 강력한 마력이 깃들어 있었고, 생명의 위협을 느낀 벌레들이 뿔뿔이 달아났다.

"블러드 돌 스피어!"

아이리스의 손에서 뿜어져 나온 피가 응고하여 나선형의 창으로 변모했다.

아이리스는 붉은 창으로 벌레들이 가리킨 지점을 손쉽게 파괴해 버렸다. 그러자 벽이 세워져 있던 장소에서 숨겨진 통로가 모습을 드러냈다.

"자, 가시죠. 루이샤 님. 발밑이 더러우니 조심하세요."

"응. 고마워, 아이리스."

이후로도 당황하는 기색 없이 함정이 설치된 방들을 돌파해 나가는 루이샤 일행. 자칼의 멤버들은 그런 그들을 보면서 점차 불안해지기 시작했다.

"저 녀석들을 따돌리는 건 불가능하지 않을까?"

그들의 불길한 예감은 적중했다.

루이샤 일행은 불바다를 건너고, 물보라를 헤치고, 엄습해 오는 마수들을 도륙하면서 던전 안으로 나아갔다. 자칼의 멤버들이 이들을 따돌릴 틈이 없었다.

그리고 던전에 진입한 지 3시간이 흘렀을 무렵, 루이샤 일행은 마침내 던전의 최심부에 도달했다.

"우와, 넓은 장소가 나왔네."

굉장히 넓은 돔 형태의 방이었다. 천장의 높이는 20m에 달했고, 바닥의 직경은 헤아릴 수 없을 정도였다.

별다른 특징도 없는 휑한 공간이었지만 한 가지 특이한 점이 존재했다.

"혹시 보물인가?"

돔 중심부에 붉은색으로 빛나는 구체가 놓여 있었다. 사람의 주먹만 한 크기의 구체로, 공중에 둥둥 떠 있어 무척이나 수상쩍었다.

〈……생명 반응 탐지. 지금부터 용사 인자의 측정을 개시한다.〉

루이샤 일행에게 들리지 않을 정도로 작은 목소리가 구체에서 흘러나왔다. 그러고는 불현듯 움직임을 개시해 일행의 주위를 회전하기 시작했다.

"이, 이게 대체 뭐야?!"

"나, 나도 몰라! 이런 장치는 본 적도 없어!"

던전 경험이 풍부한 자칼의 멤버들도 이 붉은 구체를 보는 것은 처음이었다.

섣불리 손을 댔다가 함정이 작동하기라도 하면 곤란했다. 일행은 아무것도 하지 못한 채 주위를 회전하는 구체를 빤히 쳐다보았다.

한동안 일행을 관찰하듯 비행하던 구체는 원래의 위치로 돌아가 소리를 냈다.

〈……분석 완료. 해당자 두 명. 전송 개시.〉

다음 순간, 신비한 빛이 루이샤와 샤로를 휘감았다.

"으앗!"

"꺄악! 이게 뭐야?!"

갑작스러운 상황에 당황하는 두 사람.

자신의 주인이 위기에 처하자 아이리스는 "루이샤 님!" 하고 외치며 손을 뻗었다. 그러나 아이리스의 손이 닿기 직전, 루이샤와 샤로는 빛에 휩싸여 어디론가 사라져 버리고 말았다.

"사라……졌어?!"

혼란에 빠진 다른 일행들.

아이리스는 서둘러 마력 탐지로 루이샤의 마력을 찾아봤지만 아무런 반응도 나타나지 않았다. 자신의 힘으로는 루이샤를 찾아내는 것이 불가능하다고 판단한 아이리스는 평상시의 쿨한 태도를 무너트리고 엄청나게 심각한 얼굴로 마크스를 몰아세웠다.

"저건 도대체 뭐죠?! 루이샤 님은 어디로 가신 건가요!"

"아파, 아프다고! 나한테 물어봤자 몰라!"

아이리스의 무시무시한 모습에 겁을 집어먹은 마크스. 그러자 아이리스의 폭주를 보다 못한 카자하와 시온이 두 사람을 떼어놓았다.

"그만, 아이리스. 애먼 데 화풀이해도 루이샤가 돌아오지는 않아. 지금 우리가 해야 할 건 이 상황을 냉정하게 분석하는 거야. 안 그래?"

"으윽, 하지만…… 아뇨. 당신의 말대로예요. 흐트러진 모습을 보여드려 죄송합니다."

냉정한 카자하의 일침에 침착함을 되찾은 아이리스가 마크스를 향해 고개를 숙였다.

그 모습을 보고 "착하지, 착해" 하고 아이리스를 쓰다듬어 준 카자하는 다시금 마크스에게 질문을 건넸다.

"마크스 씨는 방금 그게 뭐였는지 정말 모르시는 건가요?"

"……솔직히 짐작도 안 가. 다만 두 사람이 사라지면서 발생한 현상은 전이 마법이 발동되었을 때와 흡사해. 아마도 어딘가 다른 방으로 전이되었을 거야."

"전이…… 다행이다…….."

루이샤가 무사할지도 모른다는 이야기를 듣자 아이리스는 안도하며 가슴을 쓸어내렸다.

하지만 카자하와 시온의 얼굴은 심각했다.

"시온 선배도 느꼈나요? 뭔가 불길한 기척이 느껴졌어요. 우리 애들도 무서워서 떨고 있어요."

"응, 아무래도 우리는 선택받지 못한 쪽 같아."

두 사람의 의미심장한 대화를 듣고 있던 마크스가 물었다.

"선택받지 못했다? 무슨 뜻이야?"

"방금 구체는 우리를 관찰한 다음 루이샤와 샤를롯테를 전이시 켰지. 즉, 기준은 모르겠지만 두 사람은 합격해서 다음 방으로 넘 어갔다는 이야기야. 그리고 우리는 선택되지 못하고 이곳에 남겨 진 거지."

"자, 잠깐만 기다려 봐. 다시 말해서 우리는⋯⋯!"

"맞아. 더는 볼일이 없다는 뜻이지."

시온의 말이 끝나기가 무섭게 일행의 전방에 커다란 물체가 낙 하했다. 중량이 어찌나 대단한지 바닥에 금이 가버릴 정도였다. 쿠구웅! 하고 돔 안에 굉음이 울려 퍼졌다.

"후후, 드디어 납셨군. 재밌어졌는걸."

공중에서 떨어진 의문의 물체. 덩치가 10m에 달하는 거대한 바 위 골렘이었다.

골렘은 붉은 눈동자를 번쩍이더니 일행을 매섭게 노려보았다. 도저히 대화가 통할 것처럼 보이는 상대가 아니었다. 전투는 피 할 수 없어 보였다.

"자, 저 괴물에게 우리들의 실력이 얼마나 통할지 시험해 볼까."

최고 전력인 루이샤를 잃은 지금, 던전 내 최강의 적과의 싸움이 막을 열었다.

◇ ◇ ◇

한편 그 무렵, 루이샤와 샤로는 방금과 전혀 다른 장소로 전이되어 있었다.

"으음…… 여기는?"

이윽고 몸을 뒤덮은 빛이 잦아들면서 시야가 회복되었다. 루이샤는 눈을 문지르며 주변을 확인했다.

루이샤가 날아온 곳은 아까와 전혀 다른 분위기였다. 낡고 오래된 통로와 반대로 지극히 최근에 지어진 것처럼 깨끗한 공간이었다. 바닥은 흠집 하나 없이 규칙적으로 배열되어 있었는데, 너무 정갈한 나머지 신성한 분위기마저 있었다.

"여기는 어디일까……. 그리고 다른 애들은?"

그러자 함께 전이되어 온 샤로가 루이샤의 의문에 대답했다.

"아무래도 나와 루이샤만 이곳으로 전이된 모양이야. 이유는 모르겠지만."

"그렇구나……. 다들 무사해야 할 텐데."

"본인 걱정이나 해. 그쪽보다 우리가 위험한 처지일 수도 있어."

샤로는 허리에 찬 검을 뽑아 경계하듯 주변을 둘러보았다. 의연한 태도를 보이고는 있지만 검을 쥔 손이 희미하게 떨리고 있었다. 아무리 강하다 한들 샤로는 아직 어린 소녀다. 불안해지는 것도 무리가 아니었다.

그런 샤로의 마음을 읽은 것일까. 루이샤가 샤로의 반대쪽 손을 상냥하게 움켜쥐었다.

"걱정하지 마. 내가 있잖아."

루이샤의 목소리는 평상시의 모습과 달리 듬직했다. 샤로는 자기도 모르게 가슴을 두근거리고 말았다.

"흐, 흥! 내 몸은 스스로 지키겠어! 뭐, 루이샤가 정 원한다면 지키도록 허락은 해줄게!"

"하하, 그러면 허락도 받았겠다 내가 샤로의 나이트가 되어줄게."

이제는 루이샤도 샤로의 쌀쌀맞은 태도가 부끄러워서 그러는 것임을 알고 있었다. 루이샤는 샤로의 손을 꼭 움켜쥐고 발걸음을 내디뎠다.

어두컴컴한 길을 따라 한동안 나아가자 두 사람 앞에 자그만 건축물이 나타났다. 그리고 놀랍게도 건물 앞에는 검은색의 로브를 두른 인물이 서 있었다.

""……!""

루이샤와 샤로는 수상한 인물의 등장에 검을 뽑고 임전 태세에 돌입했다.

이 던전은 루이샤 일행이 들어오기 전까지 봉인되어 있었다. 따라서 두 사람보다 먼저 이곳에 들어온 인간이 존재할 리 없다. 던전이 창조할 수 있는 것은 몬스터뿐이다. 인간이나 아인을 만들어낸 전례는 없었다.

수수께끼의 인물에게 검 끝을 겨누면서 조심스럽게 접근하는 루이샤.

"당신은 누군가요?"

솔직히 대답이 돌아올 것이라고는 기대하지 않았건만 의외로 반응이 있었다.

"……기다리고 있었습니다. 용사의 의지를 잇는 자들이여. 저는 당신들의 적이 아니니 무기를 거두셔도 됩니다."

검은색 로브의 인물이 갈라진 목소리로 입을 열었다.

대답이 돌아오자 루이샤와 샤로는 화들짝 놀라서 움직임을 멈추었다. 확실히 적의는 느껴지지는 않았다. 하지만 워낙 수상쩍은 상황이다 보니 의심을 하지 않을 수가 없었다.

그러거나 말거나 눈앞의 인물은 "따라오세요"라는 말만 남기고 건물 안쪽으로 들어가 버렸다. 루이샤와 샤로는 자리에 덩그러니 남겨지고 말았다.

"……어떻게 할까?"

"어쩌고 자시고 따라가는 수밖에 없겠지. 다른 길도 없고."

마음을 다잡은 두 사람은 최대한 경계하며 건물 안으로 발을 내디뎠다. 사각형으로 지어진 이 건물은 상상했던 것보다 훨씬 넓었다. 내부는 이렇다 할 물건도 장식도 없는 휑한 공간이었다.

하지만 이곳에는 한 가지 특이한 것이 있었다.

그것은 바로 거대한 벽화. 돌을 깎아서 만든 벽화는 길이만 거의 10m에 달했다. 네 명의 인물과 문자가 새겨진 벽화였다.

루이샤와 샤로는 벽화를 주시했다. 그리고 그 네 명의 인물 중에서 굉장히 낯익은 존재를 발견했다.

""용사 오거……!""

칠흑의 갑옷과 인간답지 않은 거대한 체구, 그리고 용사의 상징인 대검. 대륙 곳곳에서 판매되고 있는 그림책 속의 모습과 똑같았다.

수수께끼의 인물은 예상치 못한 만남에 놀란 두 사람의 곁으로 다가와 함께 벽화를 바라보았다.

"맞아요. 이곳에 그려진 것은 3대째 용사인 오거 님입니다. 아주 잘 만들었죠?"

수수께끼의 인물이 그리움이 묻어나는 목소리로 말했다. 마치 실제로 만나기라도 했던 것 같은 말투였다.

"도대체 이곳은 어디고…… 당신은 누구죠?"

"예. 하나씩 대답해 드리겠습니다."

수수께끼의 인물은 그렇게 말하며 깊숙이 뒤집어쓰고 있던 로브의 후드를 벗었다.

""……!""

루이샤와 샤로는 곁으로 드러난 그의 얼굴을 보고 눈을 부릅떴다. 그 정도로 충격이었다.

"후후, 놀라시는 것도 무리가 아니죠. 이렇게 썩어빠진 얼굴을 보면 누구나 그렇게 반응할 테니까요."

눈앞의 인물은 문드러진 얼굴을 일그러트리며 "우후후" 하고 웃었다.

그의 겉모습은 시체 몬스터인 좀비와 비슷했다. 거무칙칙한 피부가 마치 방금 묘지에서 걸어 나온 것처럼 보였다.

하지만 좀비는 지성이 없다. 대화가 성립할 리가 없다.

이윽고 그는 좀비답지 않은 또박또박한 목소리로 자기소개를 시작했다.

"제 이름은…… 어…… 뭐였더라? 우후후. 죄송합니다. 잊어버렸네요. 이래서 좀비로 된 몸은 싫다니까요. 이렇게 보여도 300년 전에는 꽤나 머리가 좋은 인간이었답니다."

좀비가 키득키득 웃으며 말했다.

말투를 보아하니 생전에는 여성인 듯했다. 귀한 집 아가씨 같은 분위기가 느껴졌다.

비록 듣도 보도 못했던 활기찬 좀비의 등장에 당황하긴 했지만, 루이샤와 샤로는 자기소개와 함께 자신들이 어떤 경위로 이 던전에 오게 되었는지를 설명했다.

"과연, 그랬군요. 두 분은 학생이셨군요. 후후, 아무래도 바깥은 평화로운 모양이네요. 저도 기쁠 따름이에요."

조신하게 웃었지만, 그 얼굴은 좀비. 뭐라고 형언하기 힘든 광경이었다.

대략적인 설명을 마친 루이샤는 눈앞의 여성에게 줄곧 궁금했던 점을 물어보기로 했다.

"이제 슬슬 가르쳐주시면 안 될까요? 당신이 누구인지를요."

"네. 이곳은 오거 님에 대한 정보를 후대에 전하기 위해 세워진 정보 보존 시설입니다."

"정보 보존 시설?"

"맞아요. 결코 밖으로 새 나가서는 안 되는 정보. 이 시설은 그것을 먼 미래에 전하기 위해서 지어졌습니다."

여성은 소중한 물건을 다루듯 벽화를 어루만지고는 천천히 설명을 시작했다.

"저 또한 시설의 일부랍니다. 저는 시설에 보존된 정보를 올바르게 전하기 위해서 오랜 세월 동안 이곳을 지키고 있었습니다. 정보를 물려받기에 걸맞은 분을 기다리면서 말이죠."

그 말을 들은 루이샤는 머릿속에서 퍼즐 조각이 맞아떨어지는 느낌을 받았다. 루이샤의 추측이 옳다면 눈앞의 인물이 좀비라는 점도 설명이 가능했다. 하지만 그렇게 얻은 결론은 너무나도…… 너무나도 서글픈 것이었다.

"이건 당신이 스스로 선택한 길인가요?"

"네, 맞아요. 살아있는 육체는 오랜 세월을 버티기에 부적합하죠. 그래서 저는 자진해서 불사의 몸을 지닌 좀비가 되기로 했어요."

그 무렵, 아이리스 쪽은 거대한 골렘과 교전 중이었다.

골렘은 10m가 넘는 거체에 달린 굵직한 팔다리를 쿠웅! 쿠웅! 하고 움직여 일행들을 향해 걸어왔다. 걸음을 내디딜 때마다 땅이 흔들리고, 바닥에 균열이 갔다. 무지막지한 중량을 지닌 듯했다.

무거우면 무거울수록 공격의 파괴력이 상승한다. 인간은 한 대만 맞아도 찌부러져 버릴 것이다. 가능한 한 전투를 피하는 것이 최선이었지만, 입구가 봉쇄되어 도망갈 곳이 없었다. 즉 싸울 수밖에 없다.

"아무리 거대해도 결국에는 골렘……! 제가 처리하겠어요!"

각오를 다진 아이리스가 눈부신 금발을 나부끼며 골렘을 향해 내달렸다.

흡혈귀의 신체 능력을 살려 고속으로 접근한 그녀는 골렘의 복부에 대고 마법을 날렸다.

"블러드 돌 스피어!"

아이리스의 손에서 발사된 나선형의 창이 골렘을 향해 날아갔다. 아까 던전의 벽을 뚫을 때 썼던 마법이었다. 만약 골렘을 쓰러트릴 수는 없더라도 강도를 가늠해 볼 수 있을 것이다. 그러나 아이리스의 예측은 빗나가고 말았다. 골렘이 생각지도 못한 특성을 가진 탓이었다. 아이리스가 발사한 창이 골렘에게 닿은 순간, 쨍그랑! 하고 유리가 깨지는 소리와 함께 깨졌다. 파괴하거나 충돌한 게 아니었다.

여기에 모인 사람들은 이 현상을 목격한 적이 있었다.

"그, 그럴 수가……?! 마봉석으로 만들어진 골렘이라니?!"

마크스의 외침과 함께 일행들 사이에 긴장감이 감돌았다. 분명 마봉석에 마법의 화살을 쏘았을 때와 같은 현상이었다.

마봉석의 특징은 두 가지. 완전한 마법 내성과 높은 내구성이다. 따라서 이 골렘은 마법사들에게는 아주 성가신 상대였다. 강력한 검사나 격투가가 있다면 승산이 있을지도 모르지만, 지금 이 자리에 그런 인물은 없었다. 절체절명의 궁지에 내몰린 자칼 삼인조의 뇌리에 '죽음'이라는 글자가 떠올랐다.

하지만 이러한 상황 속에서도 아이리스의 투지는 꺼지지 않고, 혼자서 과감하게 골렘과의 전투를 이어나갔다.

"이봐! 일단 물러나!"

마크스가 소리쳤지만, 아이리스는 물러서지 않았다.

아이리스는 곧장 육탄전으로 공격 방식을 바꾸었다.

흡혈귀의 신체 능력은 인간보다 훨씬 뛰어나다. 흡혈귀 중에는 분명 맨손으로 저 골렘을 쓰러트리는 자도 있을 것이다. 하지만 아이리스는 아직 젊은 데다가 마법 위주의 전투가 특기였다. 무기도, 마법도 없이 맨손으로 싸운다면 샤로보다도 약할 것이다.

하지만 아이리스는 그 사실을 알고도 멈추지 않았다. 주인의 안전이 확인되지 않은 지금, 루이샤의 수색을 방해하는 것은 한시라도 빨리 제거해야만 했다. 루이샤를 향한 불굴의 충성심이 아이리스를 움직이게 하고 있었다.

"하아앗!"

온 힘을 담은 아이리스의 돌려차기가 골렘의 복부에 작렬하며 콰앙! 하고 굉음이 울려 퍼졌다.

하지만 마봉석의 강도는 무시무시했다. 단순한 발차기로는 흠집도 나지 않았다.

"큭……!"

단단한 골렘을 있는 힘껏 후려 찬 결과, 공격한 아이리스의 발이 빨갛게 부어오르고 말았다. 아이리스의 움직임이 고통으로 인해 무뎌졌다.

골렘은 그 틈을 놓치지 않았다. 골렘은 침입자를 제거하고자 거구에 걸맞지 않은 속도로 주먹을 내질러 왔다.

"이런……!"

아이리스가 정신을 차렸을 때는 이미 골렘의 주먹이 코앞까지 당도해 있었다. 부어오른 다리로는 도저히 피할 수가 없었다. 달아나길 포기한 아이리스는 조금이라도 충격을 줄이기 위해 두 팔을 교차시켜 방어 자세를 취했다. 하지만 골렘의 주먹은 아이리스에게 닿지 않았다.

"……위태로워서 못 봐주겠네! 적당히 해!"

문득 카자하의 목소리가 들려왔다. 직후 카자하는 아이리스를 안고 안전한 곳으로 이동했다.

"땡큐, 맨티. 덕분에 살았어."

"끼기긱!"

카자하의 발밑에는 거대한 사마귀인 맨티가 있었다. 무시무시한 각력을 자랑하는 맨티가 두 사람을 등에 태우고 빠른 속도로 질주한 모양이었다.

"여기까지 물러나면 괜찮…… 아, 골렘이 화가 나신 모양이네."

골렘이 전력으로 질주해 왔다. 달아날 곳 없는 이곳에서 도망친들 붙잡히는 건 시간문제였다.

각오를 다진 카자하는 아이리스와 맨티를 내려놓고 혼자서 골렘과 대치했다.

"그럼 2회전을 시작해 볼까. 협력해 줘, 아이리스."

"어째서……. 구한 건가요. 저 같은 건 내버려 둬도 되잖아요."

아이리스는 이해할 수 없었다. 지금까지 대화도 제대로 나눠본 적 없는 사이다. 그런데 어째서 위험을 무릅쓰면서까지 구해준 것일까.

카자하는 아이리스의 솔직한 질문에 어안이 벙벙한 표정을 짓더니 "풉!" 하고 웃음을 뿜었다.

"뭐, 뭐가 웃기죠?"

"미안, 미안. 웃음이 나와서 그만. 내가 어째서 너를 구했는지는 너도 잘 알 거야."

"저도…… 안다고요?"

의미심장한 카자하의 대답에 당황하는 아이리스.

전혀 짚이는 바가 없었다. 아이리스는 무슨 뜻이냐고 되물어보려고 했지만 어느샌가 골렘이 상당히 접근해 있었다.

"너희들! 일단 물러나!"

마크스의 외침을 들은 두 사람은 좌우로 뿔뿔이 흩어졌다.

두 사람이 서 있던 자리에 골렘의 주먹이 내리꽂히며 바닥에 콰지직 균열이 갔다. 제아무리 흡혈귀라도 정통으로 맞는다면 살아남지 못할 것이다.

"마법은 통하지도 않는데, 힘도 강하다니. 이 골렘, A급은 족히 되겠는걸?"

골렘의 공격을 본 마크스가 안색을 창백하게 물들이며 중얼거렸다.

A급이란 모험가 협회가 정한 위험도 등급이다. F급에서 A급으로 갈수록 강적이며, 가장 위에는 S급이 있다.

A급 마물의 경우 금 등급 모험가 파티나 장군의 문장 소유자가 나서야 간신히 쓰러트릴 수 있다. 구리 등급의 파티인 자칼은 상대도 되지 않는다.

"마크스! 도망치자!"

"맞아, 우리가 대적할 수 있는 상대가 아냐!"

옆에서 동료들이 제안해 왔지만 마크스는 고개를 끄덕이지 않았다.

물론 마크스도 도망칠 수 있다면 도망치고 싶었다. 하지만 들어왔던 통로가 어느샌가 막혀 있었다. 빠져나갈 길이 없었다.

"던전에서 탈출할 수 있는 마도구가 있잖아. 그걸 사용하면 되지 않을까?"

"벌써 시험해 봤어. 하지만 이 방에는 탈출을 방해하는 장치가 되어있는지 작동을 안 하더라."

"그, 그럴 수가……."

마지막 희망마저 무너지자 짐은 털썩 무릎을 꿇었다.

"그러면 차라리 구석에 틀어박혀 있기라도 하자! 우리가 나서 봤자 방해만 될 뿐이야!"

마르가 다리를 덜덜 떨면서 말했다.

그녀의 말은 지당했다. 실제로 예전의 마크스라면 망설이지 않고 달아났을 것이다. 하지만 지금은 달랐다.

"너희들, 이번에 이 던전에 들어와서 어땠어?"

"이럴 때 느닷없이 무슨 소리야?"

갑작스러운 얼굴을 일그러트리는 마르. 그러나 마크스는 살짝 쑥스러워하면서 말을 이었다.

"사실 난 즐거웠어. 처음 보는 장치와 겪어본 적 없는 강대한 적, 그리고 괴물 같은 꼬마들. 나는 내가 이야기 속의 등장인물이라도 된 기분이었어."

두 동료는 진지한 태도로 마크스의 말을 들었다. 두 사람도 마찬가지였다. 마크스와 비슷한 기분을 느꼈다.

"어쩐지 막 모험가가 되었을 무렵의 모습이 떠오르더라. 유명한 모험가가 되길 꿈꾸던 어릴 적의 모습이 말야."

모험가가 되는 이들은 대부분 커다란 꿈을 안고 이 길로 들어선다. 이 셋도 예외는 아니었다.

마크스는 영웅담을 동경했고, 짐은 보물을 발견해 거상이 되길 꿈꾸었으며, 마르는 대마법사가 되길 꿈꾸었다. 저마다 커다란 꿈을 안고 모험가의 길로 들어선 것이다.

하지만 현실은 녹록지 않았다. 세 사람은 얼마 못 가 벽에 가로막혀 꿈을 포기하고 말았다.

이는 딱히 드문 이야기가 아니다. 모험가라면 대부분이 경험하는 현실이다. 모험가의 8할은 아무리 노력해도 구리 등급 위로 올라가지 못하고 끝난다. 은 등급이 되기 위해서는 뛰어난 재능이 필요하다. 모험가가 현실의 벽을 만났을 때, 어떤 이들은 포기하고 어떤 이들은 타락한다.

하지만 마크스는 아직 뿌리까지 썩진 않았다.

"주인공이 되겠다고 큰소리칠 생각은 없어. 하지만 나 역시 오랫동안 모험가 노릇을 해온 몸이야. 내가 할 수 있는 게 있을 거야."

마크스는 전신이 뜨거워지는 것을 느꼈다.

심장이, 몸이 외치고 있었다. 여태껏 평범한 모험가로서 분발하며 살아온 온 것은 오늘 이 순간을 위해서였다고.

이번을 놓치면 자신을 바꿀 기회는 두 번 다시 찾아오지 않을 것이라고 본능적으로 이해했다.

"그러니까 저 재능의 축복을 받은 꼬맹이들한테 보여주지 않겠어? 경험밖에 내세울 게 없는 우리들의 비겁하고 구질구질한 싸움법을 말이야!"

해맑은 얼굴로 열변을 토하는 리더의 모습에 동료들은 무심코 쓴웃음을 지었다. 두 사람의 얼굴에서 불안감이 사라졌다. 오히려 뻔뻔한 미소가 피어올랐다.

"비겁하고 구질구질한 싸움법은 우리 특기지."

"하하, 애초에 할 줄 아는 게 그것밖에 없잖아."

동료들의 씩씩한 답변을 들은 마크스는 환하게 웃어 보였다.

"크큭. 멋진걸. 너희들과 같은 파티라서 기쁘다."

마음을 하나로 뭉친 세 사람은 골렘과 싸우고 있는 아이들을 향해 돌아섰다.

어떻게든 전투를 이어나가고는 있지만, 전황은 썩 좋지 않아 보였다.

"자, 그럼 가볼까!"

""오케이!""

지난날 꾸었던 꿈을 이루기 위해, 어른들의 구질구질한 영웅담이 다시 한번 막을 열었다.

그 무렵, 루이샤 일행.

"자진해서 좀비가 되었다고……?!"

샤로는 받아들이기 힘든 사실에 말문이 막혀버리고 말았다. 그만큼 비상식적인 대답이었다.

애초에 좀비란 무엇인가.

좀비란 언데드의 일종이었다.

언데드는 육체가 죽었음에도 활동을 계속하는 자들을 총칭하는 단어로, 뼈로만 이루어진 스켈레톤과 영체인 고스트 등 다양한 종류가 있다.

그중 좀비란 자신의 육체를 유지한 채로 언데드가 된 자들을 말한다.

좀비는 육체가 있어 다른 언데드보다 기억을 남기기 용이하다. 그래서 자진하여 언데드가 되고자 하는 자들은 좀비를 선택한다.

사람이 자진하여 좀비가 되는 이유는 죽음에 대한 공포를 피하거나, 인간의 생애로는 부족한 연구를 계속하기 위해서 등, 여러 이유가 있다.

우수한 마법사라면 인간을 좀비로 바꾸는 건 썩 어려운 일은 아니었다. 하지만 좀비가 되더라도 점점 썩어가는 육체와, 이에 따른 기억력과 사고 능력의 저하를 견뎌내는 이는 많지 않다. 결국 몇 년 지나지 않아 스스로 목숨을 끊거나, 인간을 해치는 몬스터로 전락하는 경우가 대부분이다.

이런 이유로 아무리 수명의 연장이 가능하다 해도 좀비가 되기를 원하는 자는 많지 않았다. 특히나 여성의 경우에는 그 아름다웠던 얼굴이 썩어 문드러지는 걸 원하지 않을 터다.

그런데 눈앞의 여성은 300년이라는 세월을 혼자서 기다렸다. 추하게 문드러져 가는 육체와 인간성을 잃어가는 공포를 버텨가면서.

루이샤나 샤로로서는 감히 상상할 수도 없는 경험이었다.

"두 분 모두 그렇게 서글픈 얼굴 하지 마세요. 저는 괜찮답니다.

이곳에서 지내는 것은 물론 괴로웠지만, 당신들이 와주신 덕분에 보답을 받았어요."

"그래도……."

루이샤는 그녀가 보냈을 300년이라는 시간의 무게를 아는 만큼 마음이 미어졌다.

만약 무한감옥에서 홀로 300년을 보냈다면 루이샤의 정신이 버티지 못했을 것이다.

아마도 눈앞의 여성은 용사 오거와 관계가 있는 인물일 것이다. 루이샤에게는 적이라고 해도 과언이 아니었다. 하지만 루이샤는 도저히 그녀와 싸울 마음이 들지 않았다.

오히려 똑똑히 들어줘야겠다는 생각이 들었다. 그녀가 오랜 세월 지켜왔던 용사에 관한 정보를.

"당신이 지켜왔던 정보는 저희가 이어받겠습니다. 그러니 가르쳐 주세요."

샤로도 루이샤의 말에 동의하듯 묵묵히 고개를 끄덕였다. 그런 두 사람의 강하고도 상냥한 시선에 감명을 받은 것일까. 여성은 고개를 숙이고 눈가를 닦았다. 더 이상 눈물은 나오지 않지만, 그녀의 눈시울은 분명하게 뜨거워져 있었다.

"그러면 설명해 드리겠습니다. 이 벽화에 그려져 있는 것은 용사님과 세 명의 동료로, 역사상 최강이라 일컬어지는 용사 오거의 파티입니다. 삼재앙(三災殃)이라고 불리는 세 마리의 흉악한 마물 중 하나인 '마학왕 재버워크'를 토벌하신 분들이지요."

여성의 설명을 들은 두 사람은 눈을 휘둥그레 떴다. 용사에게 동료가 있었다는 사실은 알고 있지만, 그들이 몇 명이고 어떤 사람이었는지는 알려지지 않았기 때문이다. 용사의 자손인 샤로조차 모르던 정보였다.

어째서 오거가 친족들에게도 그 사실을 밝히지 않았는지는 지금도 논란이 끊이질 않는다.

가장 유력한 설은 동료들이 이종족이라서 알리지 않았다는 의견이다. 300년 전에는 아인과 수인 차별이 지금보다도 훨씬 끔찍했기에 용사의 평판이 실추되지 않도록 숨겼다는 거다.

하지만 이 설도 용사의 인덕을 생각하면 납득하기 어려웠다.

그런데 설마 이런 곳에서 인류사의 커다란 수수께끼가 밝혀질 줄은 루이샤도, 샤로도 미처 상상하지 못했다.

벽화에 가장 큼지막하게 그려진 것은 물론 용사인 오거였다.

온몸에 걸친 칠흑의 풀 플레이트 메일과 거대한 검. 전설대로였다.

그리고 옆에는 뾰족한 귀의 여성이 있었다. 등에는 두 개의 커다란 나비 날개가 자라나 있었고, 손에는 키만 한 지팡이를 쥐고 있었다. 그리고 여성의 그림 밑에는 이름이 적혀 있었다.

"요정왕 티타니아……!"

루이샤는 요정왕이라는 이름을 들은 적이 있다.

이 세상 어딘가에 요정향이라는 비경이 숨어 있고, 그곳에 요정과 엘프, 그리고 환상의 생물들이 산다고 한다. 그리고 그곳을 다스리는 왕이 바로 요정왕이다.

옛날이야기에서나 등장할 뿐 실존한다고 여기는 자는 거의 없었다. 하지만 극히 드물게 요정향을 방문했다고 주장하는 사람이 나타나고는 했다. 대부분은 헛소리로 치부되거나 미친 사람 취급을 받았지만, 이 벽화가 진실이라면 요정향은 실존한다.

루이샤와 샤로는 충격을 받으면서도 다음 인물로 시선을 옮겼다.

수인으로 보이는 강건한 남자였다. 풍성한 갈기와 날카로운 송곳, 그리고 발톱. 겉모습을 보건대 사자 수인인 듯했다.

그리고 밑에는 '삼계왕 발뭉크'라는 글자가 적혀 있었다. 하지만 루이샤도 샤로도 들어본 적 없는 이름이었다.

"이분은 어떤 인물인가요?"

"어…… 잠시만 기다려 주세요."

그렇게 말한 좀비 여성은 푸욱! 하고 자신의 측두부에 검지를 박아 넣었다. 그러고는 안쪽의 내용물, 즉 뇌를 휘젓기 시작했다.

갑작스러운 행동에 루이샤와 샤로는 입을 쩍 벌렸다.

"가, 갑자기 뭘 하는 거야?!"

"죄송합니다. 이렇게 하면 기억이 약간 되살아나더라고요. 비위가 상하시겠지만 조금만 참아 주세요."

이렇게까지 말하니 샤로도 차마 반대하진 못했다. 샤로는 찜찜함을 느끼면서도 얌전히 뒤로 물러났다.

"아아, 생각났습니다. 발뭉크 님은 용사님 일행 중에서도 최강의 힘을 지닌 격투가였어요. 수인들 사이에서 당대 최강의 전사라고 칭송받았지요."

"그런 인물이 있었구나……."

수인에 대해서 아는 게 별로 없었던 루이샤는 나중에 볼프에게 물어보기로 마음속에 메모해 두었다.

그리고 마지막 인물.

'뱀왕 에키드나'라고 적힌 그 인물은 상반신이 인간 여성의 모습을, 하반신이 거대한 뱀의 모습을 하고 있었다. 라미아라고 불리는 종족이었다.

라미아는 사람들 앞에 모습을 잘 드러내지 않고 숲속에서 조용히 살아가는 종족이다.

"이번에도 모르는 사람이네. 샤로는 짚이는 게 있어?"

"안타깝지만 전혀 모르겠어. 정말이지, 이렇게 중요한 비밀을 내가 이어받다니, 운이 좋은 건지 나쁜 건지."

샤로가 이마에 식은땀을 흘리며 말했다. 한편 좀비 여성은 이번에도 뇌를 휘적거렸지만 더는 아무것도 떠오르지 않는 모양이었다.

"이렇게 네 명이 용사 파티인가. 용사 외에는 전부 인간이 아니었구나. 깜짝 놀랐어."

"동료들이 아인이라는 사실을 숨기고 싶었던 걸까?"

동료의 정체를 알게 된 지금도 용사의 진의는 파악할 수가 없었다. 샤로는 오거가 만약 동료들에 대한 정보를 공개했더라면 아인과 수인을 향한 차별이 줄어들지 않았을까 하는 생각이 들었다. 용사는 차별을 없애려고 했다는 이야기는 거짓이었을까? 샤로의 머릿속에서 의문이 소용돌이쳤다.

"걱정 마, 샤로. 내가 있잖아."

루이샤가 불안해하는 샤로의 어깨에 부드럽게 손을 얹었다.

그 따뜻한 감각에 샤로도 평정심을 되찾았다.

"후후, 고마워. 루이."

샤로가 웃으며 말했다. 그런데 그때 샤로의 머릿속에 새로운 의문이 떠올랐다.

"그러고 보니…… 루이는 왜 이곳으로 온 거지? 루이는 용사의 자손이 아니잖아?"

루이샤는 그 말을 듣고 마음속으로 크게 동요했다.

한 가지 짚이는 바가 있었다. 바로 루이샤가 무한감옥에 있었다는 점이었다.

루이샤는 자신이 오랫동안 무한감옥에서 지냈기 때문에 용사의 관계자 취급을 받았다고 추측했다. 하지만 이 사실을 샤로에게 털어놓을 수는 없었다. 따라서 루이샤는 "어, 어째서일까" 하고 얼버무리는 게 고작이었다.

그렇지만 샤로는 납득하지 못했는지 좀비 여성에게 질문했다.

"있잖아, 왜 루이가 이곳에 불려 온 거야? 애초에 부르는 기준이 뭐야?"

"그게…… 죄송합니다. 저도 잘 모르겠어요."

"뭐? 당신은 여기 관리자잖아?"

"에헤헤, 그렇긴 하지만 보다시피 남은 뇌가 얼마 없어서요. 대부분의 기억이 흐릿하답니다. 죄송해요."

"그…… 그랬구나. 내가 실례되는 질문을 했네. 미안해."

자신의 잘못을 순순히 사과하는 샤로. 루이샤는 샤로가 무척 둥글어졌다고 생각하며 감회에 빠졌다.

루이샤는 앞으로 어떻게 행동해야 할지를 고민하기 시작했다. 무한감옥에 있었다는 사실을 들키지 않은 것은 다행이었고, 용사의 동료들이 어떤 자들이었는지도 알게 되었다. 하지만 이 지식을 어디에 활용해야 한단 말인가?

역사적으로는 무척 귀중한 정보일지 몰라도, 바꿔서 말하면 그것밖에 가치가 없었다. 무한감옥의 봉인을 풀 단서라고 하기에는 무리가 있었다.

모처럼 중요한 정보가 잠들어 있을지도 모를 시설에 오게 되었는데 이대로 물러날 수는 없었다. 그렇게 생각한 루이샤는 대화가 정리되려는 듯한 분위기를 끊으면서 질문을 건넸다.

"저, 저기요! 뭔가 달리 전해야 할 말은 없으신가요?"

"전해야 할 말이요? 으음, 글쎄요."

그러자 좀비 여성은 다시금 자신의 머리에 양쪽 손가락을 박아넣고 휘저어대기 시작했다.

"어…… 아으…… 으음…… 아으어. 흐가윽."

괴상한 소리를 내면서 필사적으로 기억을 끄집어내려고 노력하는 그녀. 그로테스크하기 그지없는 광경이었다. 루이샤와 샤로는 무심코 제지하고 나설 뻔했지만 어떻게든 꾹 참았다.

이윽고 여성은 무언가를 떠올린 듯 "아" 하고 소리를 내며 머리에서 손가락을 뽑았다.

"……오래 기다리셨죠. 그러고 보니 제가 이 시설을 만들기로 했을 때, 용사님께 직접 들었던 말이 있어요."

"정말요?! 무슨 말이었나요?!"

"용사님은 이렇게 말씀하셨어요. 만약 이곳에 도달한 자가 곤란해하고 있다면 내 동료에게 도움을 구하라고 말해, 라고."

"동료에게…… 도움을?"

정황상 용사가 말한 동료는 이 벽화에 그려진 세 명을 가리키는 것이리라.

하지만 이들은 300년 전의 인물이다. 지금도 살아있으리라는 보장이 없었다.

게다가 이들은 하나같이 엄청난 실력자들일 것이 분명했다. 루이샤의 정체를 깨닫고 적대할 가능성도 존재했다. 만약 그렇게 된다면 지금의 실력으로 이길 수 있을지 불안했다.

"전해드릴 말씀은 이걸로 전부입니다. 역할을 완수하는 날을 손꼽아 기다려 왔습니다만, 막상 완수하고 나니 쓸쓸하네요."

기쁜 듯한, 그러면서도 어딘가 섭섭한 듯한 목소리였다. 동시에 여성의 몸이 서서히 무너져 내리기 시작했다. 사실 여성의 신체는 일찌감치 한계를 맞이한 상태였다. 사실상 의지력으로 견디고 있었던 것이다. 역할을 마친 이상 형체를 유지하기 위해 저항할 필요가 없었다.

평온한 미소를 지으며 대지로 돌아가던 여성은 문득 생각났다는 듯이 말했다.

"아, 만약 다른 분들과 함께 오셨다면 어서 가시는 게 좋아요. 남겨진 분들은 침입자로 판단해서 골렘이 공격하거든요."

"네?! 그런 건 일찍 좀 말해 주세요!"

"이곳 바로 위에 있어요. 조심하세요."

"샤로! 나는 먼저 갈게!"

"알았어! 나도 금방 따라갈게!"

황급히 건물을 뛰쳐나간 루이샤는 다리의 마력을 폭발시켜 천장으로 돌진했다. 그러고는 그대로 몸을 회전시켜 드릴처럼 돌벽을 뚫고 나아가기 시작했다.

좀비 여성은 태풍처럼 떠나가는 루이샤의 모습에 얼이 빠진 듯했다.

"괴, 굉장한 분이시네요……. 대체 정체가 뭔가요?"

"글쎄? 내가 묻고 싶을 정도야."

그렇게 말하며 "후후후" 하고 웃는 샤로. 이를 본 좀비 여성은 두 사람이 단단한 인연으로 맺어져 있음을 이해했다.

이들 같은 젊은이들이 있다면 괜찮으리라. 좀비 여성은 안도한 얼굴로 스러져 갔다.

샤로는 무너져 내리는 그녀의 손을 붙잡았다. 그러고는 그녀의 탁해진 눈동자를 힘 있게 바라보았다.

"우리 일족을 위해 오랜 세월 애써줘서 고마워. 당신이야말로 훌륭한 용사라고 생각해. 미숙한 나 따위는 견줄 수도 없을 정도로."

샤로가 격려의 말을 건넸다. 좀비 여성의 눈에는 그 모습이 용사 오거와 겹쳐 보였다.

"당신은 틀림없이 용사의 피를 잇는 분. 오거 님의 의지를 물려받은 분을 뵙게 되어 기쁩니다. 덕분에 저는 충분히 보답받았어요. 정말로 고맙습니다……."

당장이라도 꺼져버릴 듯한 목소리로 말하는 그녀의 머리를 샤로는 상냥하게 끌어안아 주었다. 그녀의 살점과 악취가 옷에 스며들었지만, 샤로는 개의치 않았다. 지금은 그저 자신의 조상에게 충성을 바쳤던 이 여성에게 조금이라도 더 많은 온기를 나누어 주고 싶었다.

끌어안은 여성의 몸은 자칫하면 부러져 버릴 정도로 가냘프고 부드러웠다. 이런 몸으로 기나긴 세월을 견뎌왔다고 생각하니 샤로의 마음이 찢어질 것만 같았다.

샤로는 여성에 대한 최대한의 감사와 예의를 담아 말했다.

"네 의지는 내가 이어받을게. 그러니 안심하고 가도록 해."

그 말을 들은 여성의 얼굴이 평온으로 물들었다.

"네, 맡기겠습니다. 부디 평화로운 세상이 영원히…… 지속되기를……."

여성의 목소리가 서서히 가늘어졌다. 그리고 마침내 눈동자에서 생기가 사라져 갔다. 아무래도 이별의 때가 다가온 듯했다.

"아아…… 용사님……. 저도, 당신의 곁으로……."

허공을 향해서 뻗은 손이 힘없이 떨어진 순간, 여성의 몸은 주검으로 변했다.

이윽고 그녀의 시체는 모래처럼 흩어져 바닥의 흙과 동화되었다. 좀비화 마법이 풀림으로써 지금껏 정체되어 있던 시간이 단숨에 흐른 것이다.

샤로는 좀비 여성이었던 바닥의 흙을 복잡한 표정으로 움켜쥔 다음, 오른쪽 손바닥을 펼쳤다. 그러자 손바닥에서 분홍색의 문장이 빛을 발했다. 용사 일족의 상징인 꽃잎 모양의 문장이었다. 샤로에게 이 문장이 새겨져 있다는 사실은 친구들은 물론이고 루이샤조차 알지 못했다.

"네 유지는 내가 잇겠어……. 4대째 용사인 내가 말이야."

한편 아이리스 일행은 마봉석 골렘에게 고전을 면치 못하고 있었다.

아이리스와 시온은 마법 공격이 주력이기 때문에 카자하를 전면에 내세워 공격을 감행하고 있었다. 하지만 골렘의 몸뚱이는 곤충의 이빨이나 갑각보다 훨씬 단단해서 공격이 통하지 않았다.

"하아앗!"

그래도 아이리스는 빈틈을 발견할 때마다 날카로운 발차기를 꽂아 넣었다. 하지만 그저 골렘의 움직임을 잠시 멈출 뿐이었다.

아이리스의 표정에는 서서히 초조함이 드러나기 시작했다. 신중했던 공격이 점차 거칠어지더니, 결국 너무 깊숙하게 파고들고 말았다.

이를 눈치챈 골렘은 자신의 발치를 부산스럽게 뛰어다니는 아이리스를 향해 주먹을 내질렀다. 피하기 어려운 타이밍을 정확히 노린 공격이었다.

"이런……!"

자신을 향해 엄습해 오는 주먹을 본 아이리스는 황급히 피하려 했으나, 다리의 통증 때문에 움직임이 늦어졌고 결국 골렘의 사정거리에서 벗어나지 못했다.

여기까지인가. 하고 체념한 아이리스는 자신을 강타할 충격을 각오하고 눈을 감았다.

그러나, 아무리 기다려도 골렘의 주먹이 다가오질 않았다.

"……어라?"

조심스럽게 눈을 뜨는 아이리스. 그러자 눈앞에는 놀라운 광경이 펼쳐져 있었다.

골렘의 주먹이 아이리스의 코앞에서 멈춰있었다.

"어, 어째서?"

예기치 못한 상황에 당황하는 아이리스.

골렘은 아직 기동 중이었다. 눈동자도 붉은색으로 번쩍이고 있었다.

도대체 어떻게 된 것일까 하고 골렘을 관찰하던 아이리스는 골렘의 발치에서 무언가를 발견했다.

"저건……?"

골렘의 다리에 슬라임처럼 끈적한 물체가 대량으로 달라붙어 있었다. 이것이 골렘의 움직임을 방해해 공격이 닿지 못하도록 해준 것이다.

아이리스가 수수께끼의 물체를 보고 고개를 갸웃하고 있자니, 자칼의 삼인조가 종종걸음으로 그녀를 향해 달려왔다.

"이봐, 무사해?!"

"아, 네. 무사해요."

삼인조의 존재를 완전히 잊고 있었던 아이리스는 그들의 갑작스러운 등장에 놀라 얼빠진 표정을 지었다. 아이리스에게 큰 상처가 없는지 확인한 삼인조는 "다행이다! 간신히 늦지는 않았나 보네" 하고 기뻐했다.

그들의 손에는 다양한 도구가 쥐어져 있었다. 하나같이 본 적 없는 도구들뿐이었다.

"혹시 저 끈적한 물체는 당신들이 한 건가요?"

그러자 마크스는 기다렸다는 듯이 가슴을 펴고 수중의 도구를 설명하기 시작했다.

"그렇다마다! 이건 모험가라면 누구나 한 번쯤은 써본 적이 있는 점착 폭탄! 효과 시간은 몇 분에 불과하지만 강한 마물의 움직임도 막을 수가 있는 훌륭한 도구지! 이것 말고도 다양한 도구들이 있어!"

마크스는 메고 있던 배낭을 내려놓고 안에서 다양한 도구들을 꺼내 보였다.

로프처럼 생긴 물건, 액체가 든 병, 나이프, 랜턴 등 용도 불명의 다양한 도구들. 전부 모험가 조합에서 판매하고 있는 상품들로, 모험가라면 최소한 하나씩은 소지하고 있었다.

약소 모험가인 삼인조가 사용하는 도구는 대부분이 헐값에 구매할 수 있는 것들이었다. 그래서 살상력은 낮았지만, 대신에 재밌는 효과를 지닌 물건이 많았다. 전투 능력이 모자란 자칼 멤버들은 이를 커버하기 위해 늘 수많은 도구를 지참하고 다녔다.

"자, 이걸 마셔봐."

마르가 녹색의 액체가 든 병을 아이리스에게 건네며 말했다. 소위 말하는 회복약이었다. 뒤이어 마크스의 배낭에서 붕대를 꺼낸 마르는 붕대를 회복약에 적셔 아이리스의 다리에 둘둘 감았다.

몸 안팎으로 회복 효과를 받은 덕분일까. 아이리스의 다리에서 통증이 가셨다. 몸을 일으켜도 아프지 않았다. 마르는 부상에서 회복된 아이리스를 보고 미소를 지었다.

"다행이다. 제대로 회복된 모양이네."

"저기, 이건⋯⋯."

"아, 붕대가 너무 조이면 말해 줘. 사내 녀석들은 맨날 치료해 줘서 익숙하지만, 여자아이를 치료해 본 적은 별로 없거든!"

"아뇨, 그게 아니라……."

마르의 상냥한 태도에 아이리스는 당황했다. 처음에는 본인들이 살기 위해 도와준 것이리라 생각했다. 하지만 세 사람의 태도에서는 타산적인 기색이 느껴지지 않았다.

아이리스는 오랜 세월 동안 인간들 사이에 섞여 자라왔다. 따라서 인간의 추악한 면모를 많이 목격해 왔고, 그러한 감정이나 태도에 민감했다. 하지만 삼인조에서 느껴지는 태도는 사뭇 달랐다. 오히려…… 아이리스가 유일하게 마음을 허락하고 연모하는 주인님과 그의 동급생들을 연상시켰다.

"치료해 주셔서 감사합니다. 하지만 어째서 싸움에 나서신 건가요? 도망치는 게 현명한 판단이라는 생각이 드는데요."

솔직하지 못한 아이리스는 본의 아니게 쌀쌀맞은 말을 내뱉고 말았다. 실제로는 그들을 걱정해서 하는 말이었지만 부끄러움과 프라이드로 인해 이런 식으로 에둘러 말하게 되는 것이다.

이런 태도 때문에 아이리스는 여태껏 친구를 만들지 못하고 있었다. 친하게 지내는 이라고는 동족들뿐이었다.

하지만 이번 상대인 삼인조는 쌀쌀맞은 언동 따위는 신경도 쓰지 않는, 그야말로 잡초와도 같은 근성을 지닌 자들이었다.

"확실히 네 말이 옳아. 우리는 약하지. 지금은 도망치는 게 정답이야."

"……네?"

마크스는 무시당하고도 화를 내기는커녕 오히려 씨익 웃으며 자학을 하는 것이었다. 아이리스가 놀라는 것도 무리가 아니었다.

"실제로 얼마 전까지의 나였다면 벌벌 떨면서 구석에 쭈그려 앉아있었겠지. 하지만 너희들과 함께하던 소년을 보고 있자니 문득 그런 생각이 들었어. 정말 이대로 괜찮은 거냐고."

마크스는 다시 한번 떠올려 보았다. 압도적인 행동력과 실력으로 던전을 성큼성큼 공략해 나가던 신비한 소년의 모습을. 그것은 한때 마크스가 꿈꾸었던 이상적인 모험가의 모습 그 자체였다.

이제 와서 분발해 봤자 그 소년처럼 되지는 못할 거다. 하지만…… 조금이라도, 아주 조금이라도 가까워질 수 있다면 노력해 볼 가치가 있을지도 모른다. 목숨을 걸어 볼 가치가 있을지도 모른다고 세 사람은 생각했다.

"미안하지만 네가 말려도 우리는 싸우겠어. 조무래기의 근성을 보여주자, 애들아!"

""오케이, 리더!""

마크스가 외치자 짐과 마르가 각각 시온과 카자하의 곁으로 달려갔다.

두 사람의 수상한 움직임을 포착한 골렘은 이들을 제거하고자 행동을 개시했지만, 몸에 엉겨 붙은 점착질 때문에 제대로 움직일 수가 없었다.

힘으로 돌파할 수 없다고 판단한 골렘은 다음 수단을 취했다. 골렘은 엉겨 붙은 점액질을 향해서 두 손바닥을 들이댔다. 이윽고 손바닥 중앙에 구멍이 뚫리더니 화염이 분사되어 점액질을 전부 불살라 버렸다.

"켁! 저런 짓까지 가능한 거냐!"

점액질로부터 해방된 골렘은 달려가는 자칼의 두 멤버를 향해서 다시금 손바닥을 펼쳤다.

""으악!""

화염방사기의 표적이 되었음을 깨달은 두 사람이 화들짝 놀라 외쳤다. 현재 그들이 소지한 마도구 중에 골렘의 화염방사를 막아낼 만한 물건은 없었다. 화염이 휩쓸고 지나가면 틀림없이 잿더미가 되어버릴 터였다.

하지만 마크스는 이런 상황 속에서도 당황하지 않았다. 그는 자신이 가장 신뢰하는 비장의 무기를 꺼내 들었다.

"부탁한다, 파트너……!"

마크스가 꺼내 든 것은 바로 새총이었다.

30cm 정도 크기의 별다른 특징 없는 평범한 새총이다. 튼튼해 보이기는 했지만 특별한 마법이 담긴 것처럼 보이지는 않았다.

"정말 그걸로 싸울 생각인가요?!"

자신만만하게 새총을 거머쥐는 마크스를 보고 아이리스가 참지 못하고 딴지를 걸었다.

"뭐, 지켜보라고. 이렇게 보여도 이 녀석 덕분에 여러 차례 목숨을 건졌거든."

마크스는 꾸구국……! 하고 탄환이 장전된 새총의 고무줄을 잡아당겼다. 빠른 속도로 날아가 골렘의 머리에 명중한 탄환은 펑!

하고 폭발하여 하얀 연기를 냈다.

"모험가 조합에서 만든 초강력 연막탄이다. 저 녀석이 아무리 강하더라도 앞이 보이지 않으면 공격은 맞지 않아!"

연기로 시야가 가려진 골렘은 목표를 잃고 허공에 불을 뿜었다.

짐과 마르는 그 틈에 카자하와 시온의 곁으로 이동해 회복약을 건넸다.

"이야, 고마워! 덕분에 살았어!"

"고맙습니다. 설마 당신들의 도움을 받게 될 줄이야."

덕분에 소모되어 있던 카자하와 시온의 체력과 마력이 회복되었다. 고급 포션이 아니었기에 완전한 회복은 무리였지만 마시지 않는 것보다는 훨씬 나았다.

"이걸로 형세 역전……이라고 하기에는 이른 것 같네……."

연기를 무산시킨 골렘이 붉은 안광을 번쩍이며 마크스를 쳐다 보았다. 아무래도 방금 연막탄으로 단단히 화가 난 모양이었다. 골렘은 마크스를 최우선 목표로 삼고 질주하기 시작했다.

"조, 좋다 이거야! 덤벼라!"

땅을 쿵쿵 울리며 접근해 오는 골렘. 마크스는 달아나고 싶은 심정을 억누르며 새총의 고무줄을 잡아당겼다.

빗나가면 죽음. 평상시의 마크스라면 겁을 먹고 온몸이 얼어붙었을 것이다.

하지만 지금은 달랐다. 마크스의 몸과 마음은 뜨겁게 불타오르고 있었다. 심신의 열기가 마크스의 집중력을 높이고, 떨리는 손을 이완시켰다.

"간다! 윤활유탄!"

마크스가 발사한 것은 특별한 윤활유가 담긴 탄환이었다. 모험가 조합에서 개발한 이 윤활유는 엄청나게 잘 미끄러지기로 유명했다.

골렘의 발밑에 적중한 탄환은 그대로 폭발하여 바닥에 윤활유를 퍼트렸다. 이윽고 그곳을 밟은 골렘은 다이나믹하게 미끄러지며 바닥에 무릎을 꿇었다.

"빙고! 이 기세로 계속 가겠어!"

이후 마크스는 새총의 탄환을 검은색의 탄환으로 교체했다.

마크스는 검은색의 탄환을 연속으로 발사했고, 골렘과 부딪친 탄환은 폭발하며 안에 담긴 검은 액체를 퍼트렸다.

"나도 도울게, 리더!"

"나, 나도!"

이윽고 짐과 마르가 가세해 골렘에게 검은색의 액체가 든 병을 투척하기 시작했다. 충격으로 깨진 병 안에서 검은색의 액체가 흘러나와 골렘의 몸통을 검게 물들여 나갔다. 검은색의 액체 탓인지 코를 찌르는 냄새가 피어올랐다.

"좋아! 그러면 슬슬 시작할까! 부탁할게, 마르!"

"나한테 맡겨! 파이어 애로우!"

마르의 지팡이에서 발사된 불화살이 골렘의 몸에 적중했다. 마봉석과 접촉한 화살은 그대로 소멸하고 말았지만, 골렘의 몸에 스며들어 있던 검은색의 액체가 순식간에 불타오르기 시작했다.

"헤헤, 골렘이라도 방심하면 큰코다친다 이거야."

방금 자칼의 멤버들이 열심히 흩뿌린 검은 액체의 정체는 바로 모험가 조합에서 만든 특별한 기름이었다.

주로 식물성 마물과의 전투에 사용되는 이 기름은 평범한 기름보다 가연성이 몇 배는 더 뛰어났고, 한 번 불이 붙으면 물을 끼얹어도 좀처럼 꺼지지 않았다.

이만한 양의 기름으로 불태우면 B랭크 몬스터도 치명상을 입는다. 제아무리 단단한 골렘이라 할지라도 멀쩡하지 못할 것이다. 적어도 마크스는 그렇게 생각했다.

하지만 마크스의 희망은 곧 박살 나고 말았다.

"젠장, 농담이 지나치잖아……."

눈앞의 골렘이 아무렇지도 않다는 듯이 몸을 일으킨 것이다.

불꽃은 여전히 활활 타오르고 있었지만, 골렘은 표면이 살짝 그슬렸을 뿐 아무런 피해가 없었다. 그만큼 불에 대한 내성이 높다는 뜻이리라.

"이럴 수가……. 저런 놈을 어떻게 쓰러트려……."

혼신의 공격이 시간 벌이밖에 못 되자 마크스는 자리에 선 채로 망연자실에 빠졌다.

그리고 골렘은 전의를 상실한 마크스를 향해 주먹을 날렸다.

""위험해!""

두 멤버가 위기를 맞은 리더를 구하기 위해 달려갔지만, 시간

이 너무 촉박했다.

여기까지인가. 마크스가 죽음을 각오한 그때, 생각지도 못한 인물이 곁으로 달려왔다.

"하이 블러드로스 스피어!"

느닷없이 나타난 거대한 창이 굉음을 내며 골렘의 주먹과 충돌했다. 마법의 창은 마봉석의 효과로 인해 곧 흩어졌지만, 주먹의 기세를 죽였다. 덕분에 약간의 빈틈이 생겨났고, 아이리스는 마크스의 옷깃을 붙잡아 안전한 구역까지 전속력으로 도주했다.

목표물을 잃은 골렘의 주먹이 바닥에 꽂히자 방 전체가 흔들리며 사방으로 파편이 튀었다.

"가, 간신히 살았다……."

구사일생한 마크스는 다리에서 힘이 풀려 그대로 주저앉았다. 한편 그를 옮겨준 아이리스도 자리에서 몸을 웅크렸다.

"으윽……."

"이, 이봐! 팔을 다쳤잖아!"

방금 파편에 맞았는지 아이리스의 팔에서 새빨간 핏방울이 뚝뚝 떨어졌다.

"괜찮은 거야?! 지금 치료해 줄 테니까 조금만 기다려!"

"……걱정하지 않으셔도 돼요. 몇 번이고 신세를 질 생각은 없어요."

아이리스는 그렇게 말한 뒤 자신의 팔에 의식을 집중시켰다. 그러자 상처의 피가 눈 깜짝할 사이에 응고되어 갔다. 흡혈귀는 피를 다루는 특수한 능력을 지니고 있다. 이 능력을 활용하면 지혈을 하는 것쯤 간단했다.

"대, 대단하군. 하지만 너무 무리는 하지 마. 회복약이 아직 남아있으니까 필요하면 얼마든지 말해."

"네, 말씀대로 할게요."

마치 친한 동료 같은 대화를 나누면서 아이리스는 카자하의 말을 떠올렸다.

'내가 어째서 너를 구했는지는 너도 잘 알 거야.'

지금이라면 그 말의 의미를 알 것 같았다.

마크스의 목숨이 위험하다는 것을 느끼자마자 몸이 충동적으로 움직였다. 전력이 감소할까 봐, 루이샤를 실망시키고 싶지 않아서, 눈앞에서 죽으면 기분이 찜찜하니까. 이유를 갖다 붙인다면 얼마든지 붙일 수 있을 것이다.

하지만 마크스를 구해줬을 때, 아이리스는 아무런 생각도 하지 않았다.

문득 깨달았을 때는 이미 몸이 움직이고 있었다. 어느샌가 목숨을 걸고 그를 구해주고 있었다. 그 행동에 이유 같은 건 필요치 않았다.

"남을 돕는 건 이유가 없다, 이건가요."

아이리스는 기본적으로 상냥한 성격의 소유자였다. 하지만 어릴 적부터 마왕 수색이라는 불가능에 가까운 임무를 수행하느라 그 상냥한 성격을 묻어둬야 했다.

하지만 루이샤, 그리고 Z반 학생들과 함께한 시간이 아이리스의 마음을 열어 주었다. 비록 함께한 시간이 많지는 않지만, 평범한 여자아이로 돌아가 묻어두었던 상냥함을 되찾을 수가 있었다.

"신기하네요. 혼자서 싸울 때보다도 힘이, 의욕이 솟아나는 게 느껴져요……. 루이샤 님도 이런 기분이었던 걸까요."

이곳에 없는 주인의 얼굴을 머릿속에 떠올리면서 아이리스는 다시금 골렘과 마주했다.

목숨을 걸고 싸우기로 결단한 날카로운 눈. 그 눈빛에 짜증이 난 것일까. 골렘은 매서운 기세로 다가와 주먹을 날렸다.

맞기라도 하면 곧바로 저승행인 공격을 아이리스는 허공으로 가뿐히 뛰어올라 회피했다. 그 움직임에 망설임은 전혀 없었다. 마치 춤을 추듯 아름답게 공격을 회피하는 아이리스의 모습을 마크스는 넋 나간 얼굴로 쳐다보았다.

"자, 이번에는 제 차례예요……!"

아이리스는 골렘의 커다란 공격으로 생긴 빈틈을 파고들어 공격을 개시했다. 그녀가 노리는 곳은 붉은 눈이었다. 마크스의 연막탄이 효과를 봤으니 골렘이 시력에 의존하고 있다는 점은 분명했다. 그렇다면 굳이 단단한 몸통을 공격하는 것보다 방어력이 약한 눈을 노리는 편이 나았다.

"미드 블러드 소드!"

아이리스는 골렘의 팔 위를 질주하면서 자신의 피로 검을 만들어냈다. 가늘면서도 강인한, 관통력을 중시한 레이피어 형태였다.

아이리스는 얼마 남지 않은 마력을 악력으로 변환시켜 두 손으로 검을 움켜쥐었다.

"이건…… 어때!"

아이리스는 그녀답지 않은 우렁찬 고함과 함께 핏빛 검을 앞으로 내질렀다. 아이리스의 공격은 목표물에 정확하게 명중했고, 골렘의 안구는 그대로 산산조각이 나버렸다. 안구 파편이 바닥에 떨어져 내리며 골렘은 시력을 상실했다.

"그아아아아!"

눈이 파괴되자 지금까지 한 번도 소리를 내지 않았던 골렘에게서 고통에 찬 포효가 터져 나왔다. 전신의 틈새에서 뿜어져 나오는 증기가 골렘의 고통과 분노를 생생하게 전달해 왔다.

아이리스는 더 이상의 접근은 위험하다고 판단하여 골렘으로부터 거리를 벌리려 했다. 하지만 한발 늦고 말았다. 골렘이 공중에 있는 아이리스를 향해 팔을 휘둘렀다.

"이런……!"

"어이, 위험해!"

마크스는 황급히 윤활유 탄을 장전해 골렘의 발밑에 발사했다. 덕분에 골렘의 발이 미끄러지며 주먹이 비껴갔지만, 아이리스의 몸을 살짝 스치고 말았다.

"크윽!"

아이리스는 그대로 바닥에 내동댕이쳐졌다. 아이리스의 능력으로 외상을 치료할 수는 있지만, 피해를 없던 일로 만들 수는 없었다. 이 일격으로 남아있던 체력을 전부 소진해 버린 아이리스는 자리에 서기는커녕 상반신을 일으키는 것이 고작이었다.

"괘, 괜찮아?! 자, 얼른 회복약을 마셔!"

마크스가 서둘러 다가와 아이리스에게 회복약을 먹여 주었다. 덕분에 체력이 조금 회복되기는 했지만 일어설 수 있을 정도는 아니었다. 아무리 회복약이라 할지라도 회복력에는 한계가 있는 법이다. 만병통치약 따위는 이 세상에 존재하지 않았다.

"제길, 제길……!"

한쪽 눈을 잃고도 성큼성큼 다가오는 골렘을 바라보면서 마크스는 후회 섞인 중얼거림을 내뱉었다.

네 명의 동료들이 필사적으로 공격을 감행해 주의를 끌려고 했지만, 골렘의 하나 남은 눈은 아이리스에게 고정되어 떨어질 줄 몰랐다.

"미안하게 됐어. 아무래도 도움이 되지 못한 것 같네……."

기죽은 목소리로 사과하는 마크스를 향해서 골렘이 주먹을 치켜들었다.

마크스는 모든 것을 체념하고 고개를 떨구었다. 쓸만한 도구는 전부 바닥나 버렸고, 사람을 업고 달아날 힘도 없었다. 그런데 그때 아이리스가 이상한 말을 건네 왔다.

"……그렇지 않아요. 당신 덕분에 우리는 살 수 있어요."

"어? 무슨 뜻이야?"

"잊으셨나요? 우리한테는 그분이 있다는 것을."

골렘의 주먹이 두 사람을 짓뭉개 버리려던 순간, 불현듯 바닥이 솟아오르며 밑에서 무언가가 튀어나왔다. 그것은 골렘의 주먹을 튕겨내 버렸고, 골렘은 뒷걸음질 치다가 엉덩방아를 찧었다.

"이, 이게 대체?!"

갑작스러운 사태에 당황하는 마크스. 마찬가지로 그의 두 동료도 눈을 휘둥그레 떴다. 하지만 이들과는 반대로 아이리스, 카자하, 시온은 온화한 미소를 지어 보였다. 세 사람 모두 믿고 있었다. '그'가 반드시 돌아올 것임을.

"큭큭, 타이밍 한번 기가 막히네. 노린 거 아닐까."

"내 말이. 멋진 장면을 다 뺏어가 버렸어."

"기다리고 있었습니다. 무사하셨군요……!"

세 사람의 목소리가 울려 퍼지는 가운데, 루이샤가 바닥에 착지했다.

"다들 기다렸지. 뒤는 나한테 맡겨."

마치 이야기 속에 등장하는 용사처럼 선언하는 루이샤. 이후 마크스에게 그 모습은 평생의 보물이 되었다.

"스톤 골렘이라……. 재질은 뭘까. 내 친구들과 싸우고도 멀쩡한 걸 보니 엄청 단단한 모양인걸."

루이샤는 골렘을 관찰하면서 고속으로 접근했다.

루이샤를 자신의 주먹을 튕겨낸 위험 인물이라 판단한 골렘은 정확한 타이밍에 오른손을 휘둘러 반격을 가했다. 루이샤는 자신의 체구보다 커다란 주먹이 날아오는데도 달아나지 않고 똑바로 달려갔다. 이를 본 마크스는 화들짝 놀라서 외쳤다.

"무, 무모해! 얼른 피해!"

지금껏 골렘의 강력함을 뼈저리게 실감한 그는 루이샤를 필사적으로 불러 세웠지만, 루이샤는 듣지 않았다.

골렘의 주먹과 루이샤가 정면에서 충돌했다. 하지만 실상은 달랐다. 루이샤는 주먹과 충돌하기 직전 몸을 날려 왼쪽으로 회피했다. 그러고는 골렘의 오른팔을 두 손으로 덥석 붙잡았다.

"기공술 방어식 6형태, 유류 거룡 메치기!"

루이샤가 골렘의 손목을 비틀자 골렘의 거구가 하늘로 떠오르더니 그대로 바닥에 내동댕이쳐졌다. 메치기는 상대가 무거우면 무거울수록 위력이 상승한다. 바닥에 처박힌 골렘의 몸통은 충격을 이기지 못하고 커다란 균열이 갔다.

"'싸움은 크다고 이기는 게 아냐. 작은 자에게는 작은 자 나름의 전법이 있는 법이니라'이라고 리오가 곧잘 말했지. 그러니 나는 지지 않아!"

기공과 상대방의 운동 에너지를 이용하는 기공술, 유류. 이를 거대한 용마저 날려버릴 수 있을 정도로 갈고닦아 만들어진 기술이 바로 '유류 거룡 메치기'였다.

이 기술에서 중요한 것은 근력이 아니라 단련된 통찰력과 탁월한 기교였다. 아직 마법을 다루지 못했던 고대의 인간은 이 기술을 이용해 거대한 몬스터들을 상대했다고 전해진다.

이처럼 기교로 이루어진 기술이었지만, 제삼자의 눈에는 골렘을 완력으로 제압하는 것처럼 보일 수밖에 없었다. 작은 체구로 무지막지한 기술을 선보이는 루이샤의 모습에 자칼의 세 멤버들은 입을 쩍 벌렸다.

"괴, 굉장해. 이 정도일 줄이야…….."

하지만 루이샤의 공격은 여기서 끝이 아니었다.

루이샤는 골렘이 바닥에 처박혀 있는 동안 '마기 라이즈'를 발동시켜 골렘의 분석을 시도했다. 마봉석으로 이루어진 골렘의 몸통은 분석 마법인 '마기 라이즈'조차 튕겨내 버렸지만, 덕분에 루이샤는 골렘이 어떤 물질로 이루어져 있는지 이해할 수 있었다.

"아하, 마봉석이었구나. 내 친구들이 고전할 만하네. 그러면 그 기술로 끝장내 볼까!"

루이샤는 귀걸이에 마력을 흘려보내 스승에게 받은 '용왕검'을 출현시켰다. 황금색으로 빛나는 용왕검을 옆으로 거머쥔 루이샤는 몸을 일으킨 골렘을 똑바로 주시하며 달려가기 시작했다.

그러고는 아직 제대로 중심을 잡지 못한 골렘의 머리 위로 뛰어올라…… 회심의 공격을 가했다.

"차원참!"

차원마저도 갈라버리는 필살의 일격.

상대방의 방어력을 무시하는 일격이 골렘의 단단한 몸통을 손쉽게 일도양단해 버렸다.

"그오오오오!"

상반신과 하반신으로 분리된 골렘은 괴성을 내지르며 바닥에 무너졌다. 흉흉하게 빛나던 눈빛이 사그라들고, 몸은 더 이상 꼼짝도 하지 않았다. 아무래도 완전히 정지해 버린 모양이었다.

골렘이 침묵했음을 확인한 루이샤는 눈앞의 광경을 받아들이지 못해 입을 벌리고 있는 모험가들에게로 다가갔다.

"괜찮나요? 다친 데는 없고요?"

위기의 순간에 홀연히 나타나 괴물을 쓰러트려 버린 루이샤. 마크스 일행의 눈에는 그 모습이 마치 영웅처럼 보였다. 완전히 루이샤를 영웅시하기 시작한 그들은 감동의 눈물을 흘리며 루이샤에게 매달렸다.

"소, 소년…… 아니…… 형님! 형님이라고 부르게 해주세요!"

"나, 나도!"

"그, 그러면 나도!"

"네?! 갑자기 왜 우는 건가요?! 으악, 눈물이! 침 묻으니까 떨어져요!"

"우리를 아우로 인정해 주시면 놓을게요, 형님!"

""인정해 주세요!""

"어째 협박처럼 들리는데?!"

루이샤가 난처해하건 말건 마크스 일행은 루이샤에게 형님이 되어달라고 빌기 시작했다. 몇 차례 거절해 보기도 했지만, 결국 루이샤는 그들의 고집에 못 이겨 제안을 수락하고 말았다.

"하아⋯⋯. 알겠어요. 마음대로 하세요."

"""고맙습니다, 형님!"""

루이샤는 기운차게 대답하는 세 사람을 보면서 고개를 절레절레 내저었다.

"하하. 루이샤는 별종들한테 사랑받을 운명을 타고났나 봐. 주변에 소란이 끊이질 않네."

"동감이야. 너와 함께 있으면 지루하지 않아."

카자하와 시온이 루이샤의 곁으로 다가오며 말했다. 두 사람 모두 몸 여기저기에 상처를 입고 있었다. 피로도 상당히 쌓인 듯 보였다.

"카자하, 시온 씨. 많이 기다리셨죠. 두 사람 모두 무사해서 다행이에요."

"위로라면 그 애한테 해줘. 이번에 제일 고생을 많이 했으니까."

카자하가 아이리스를 가리키며 말했다. 아름다운 금발은 흐트러져 있었고, 새하얀 피부는 여기저기 생채기가 나 있었다. 얼마나 격렬한 전투를 펼쳤는지 한눈에 알 수 있을 정도로 처절한 몰골이었다.

"믿고 있었어요, 루이샤 님. 반드시 오실 거라고."

"아이리스⋯⋯."

루이샤는 만신창이가 된 아이리스의 곁으로 다가가 두 손으로 그녀의 오른손을 꼭 붙잡았다. 루이샤의 뜨거운 시선을 받은 아이리스는 가슴이 뛰고 얼굴이 달아오르는 것을 느꼈다.

"나도 믿고 있었어. 아이리스라면 모두를 지켜줄 거라고. 정말로 고마워."

믿었다. 그 한마디가 아이리스의 마음속에 스며들면서 가슴이 뜨거워졌다. 하지만 마음 한쪽에는 그 말을 곧이곧대로 받아들이지 못하는 자신이 있었다. 그래서 아이리스는 루이샤에게 물었다.

"어째서, 어째서 저를 믿으신 건가요? 서로 알고 지낸 지도 얼마 되지 않았는데."

"응? 별걸 다 묻는구나, 아이리스는."

심각함을 날려버리듯이 웃은 루이샤는 당연하다는 투로 말했다.

"사람이 사람을 믿는 데 이유가 어딨어?"

유적의 안내인과 헤어진 샤로는 루이샤가 뚫어놓은 구멍을 통해 돔 형태의 방으로 되돌아갔다. 그곳에 있던 일행들은 마침 치료를 마치고 휴식을 취하는 중이었다.

"아, 어서 와. 샤로."

"응. 보아하니 이쪽도 정리가 끝난 모양이네. 루이도 고생했어."

엉망진창이 된 방 안의 모습과 두 동강이 난 골렘을 보고 상황을 대충 파악한 샤로. 하지만 그보다 신경이 쓰였던 것은 루이샤를 둘러싸고 있는 자칼의 멤버들이었다.

"네 주변에는 맨날 이상한 사람만 모이는구나."

"하하, 카자하도 똑같은 말을 하더라."

딱히 부정할 수도 없었기에 루이샤는 메마른 웃음을 흘렸다.

위험한 상황에서 벗어나 긴장이 풀어진 루이샤 일행. 하지만 그런 그들을 재촉이라도 하듯 이상 사태가 발생했다.

"응? 어째 흔들리는 것 같지 않아?"

카자하의 말을 들은 루이샤 일행은 바닥에 손을 짚어 보았다. 확실히 미세한 흔들림이 느껴졌다. 처음에는 약한 진동에 불과했지만, 점차 거세지는가 싶더니 끝내는 서 있기도 힘들 정도가 되었다.

"뭐, 뭐가 어떻게 된 거지?"

"던전이 무너지고 있는 거야! 이대로라면 생매장당한다!"

생매장. 마크스의 말에 일행들의 긴장감이 고조되었다. 현재 루이샤 일행이 위치한 장소는 땅속 깊은 곳. 만약 머리 위에서 흙과 바위가 쏟아져 내리기라도 한다면 전멸을 면치 못할 것이다.

절체절명의 상황. 하지만 루이샤는 아직 생존을 포기하지 않았다.

"마크스 씨, 혹시 던전이 무너지는 모습을 본 적이 있나요?"

"네, 몇 번 있습니다. 던전은 공략이 끝나면 원래의 지형으로 돌아가 버리거든요. 그래서 특수하게 생성된 던전은 무너지는 경우가 종종 있습니다. 하지만 보통은 탈출 경로가 남아있어야 하는데…… 어째선지 이번에는 보이질 않습니다……!"

마크스는 모를 수밖에 없었지만, 이곳은 용사의 비밀을 지키기 위해서 만들어진 던전이었다. 그래서 이곳을 만든 인물은 심혈에 심혈을 기울여 침입자 대책을 세워 놓았다.

그중 하나가 골렘이었고, 다른 하나가 던전의 붕괴였다. 만약 골렘이 패배하면 던전에 생매장을 당하도록 이중으로 함정을 파 놓은 것이다.

자격을 갖춘 자라면 벽화가 그려진 방의 전이 장치를 통해서 지상으로 돌아갈 수 있었다. 원래는 좀비 여성이 가르쳐 줬어야 할 정보지만, 그녀가 까맣게 잊어버리는 바람에 전달되지 못했다.

절체절명의 사태에 초조함을 드러내는 루이샤 일행. 필사적으로 머리를 쥐어짠 카자하는 지푸라기라도 잡는 심정으로 마크스에게 물었다.

"마크스 씨! 뭔가 좋은 아이디어 없어?! 이대로는 사이좋게 저승행이야!"

"으음…… 있기는 있다만…….."

마크스는 그렇게 말하며 직경 5cm 정도의 붉은 돌을 꺼내 들었다.

"이건 전이 마석이라고 하는 마도구야. 마력을 주입하면 사용자를 건물 밖으로 강제 이동시키는 효과가 있어."

"뭐야, 좋은 게 있었잖아! 그걸로 돌아가면 되겠네!"

생각지도 못한 마도구의 출현에 기뻐하는 카자하와 다른 일행들.

하지만 어째서인지 자칼의 멤버들은 불편한 표정이었다.

"왜 그래? 어서 그 마도구를 써서 탈출하자."

"……미안해요, 형님. 이 마도구로 이동할 수 있는 건 한 번에 한 명뿐이에요. 심지어 일회용인 데다 세 개밖에 없죠."

이곳에 있는 인원수는 총 여덟. 하지만 빠져나갈 수 있는 것은 세 명뿐. 다섯 명은 생매장을 피할 수 없다는 뜻이었다.

마크스는 괴로운 표정을 지은 뒤 동료들을 바라보았다.

"괜찮겠어, 너희들?"

마크스의 말에 숨겨진 의미를 눈치챈 짐과 마르는 각오를 다지 며 고개를 끄덕였다. 그러자 마크스는 "고마워" 하고 짧게 답하 며 세 개의 전이 마석을 루이샤의 손에 쥐여 주었다.

"우리는 됐어요. 형님 일행 중에서 세 사람을 정하세요."

각오가 담긴 마크스의 제안에 루이샤는 당황을 금치 못했다.

"무슨 소릴 하는 건가요! 받을 수 없어요!"

"그래도 받아주면 안 될까요, 형님. 우리는 그동안 남들의 발목 만 잡았어요. 그런 우리가 여태껏 살아남은 것은 분명 오늘 이 순 간을 위해서였을 거예요."

짐과 마르도 그 말에 고개를 끄덕였다.

"우리가 그걸 사용하면 앞으로 평생을 후회할 테죠. 우리의 목 숨으로 형님네가 살아날 수 있다면 싸게 먹히는 겁니다. 왜냐하 면 형님네는 우리와 달리 다른 이들을 도울 수 있는 사람이니까."

마치 자신을 납득시키듯 나지막이 이야기하는 마크스. 그의 목소리는 어렴풋이 떨리고 있었다. 방금 한 말에 거짓은 없었지만 그렇다고 죽음에 대한 공포가 없는 것도 아니었다. 자신의 생명줄을 넘기는 행위에 두려움이 수반되지 않을 리가 없었다.

"그러니까 받아주면 안 될까요?"

마크스의 각오를 똑똑히 전달받은 루이샤는 생각에 빠졌다. 무엇이 옳은 길인가. 무엇이 가장 후회하지 않을 선택인가.

'알았니, 루이. 지금의 너에게 불가능한 일은 없어. 곤란에 처했을 때는 네가 배웠던 것을 전부 떠올리도록 해. 그러면 분명 활로가 보일 거란다.'

무한감옥에서 마왕 테스타롯사에게 들었던 말이다. 밖으로 나갈 생각에 불안해진 루이샤가 무심코 약한 소리를 내뱉자 따뜻하게 위로해 주었다.

"내가…… 배웠던 것."

돌이켜 보았다. 무한감옥에서, 마법 학교에서, 바깥에서 배웠던 것들을.

루이샤는 자신의 지식, 마법, 모든 기술을 머릿속에 늘어놓고, 깊은 상념의 바다에 빠졌다. 이 바닷속에 해답이 있으리라 믿고서.

"루이샤 님……?"

아이리스가 전이 마석을 움켜쥔 채로 침묵에 빠진 루이샤에게 걱정스러운 목소리로 물었다. 지금도 던전은 무너져 내리고 있었다. 이렇게 된 이상 루이샤만이라도 마도구로 살려내야 하지 않을까. 아이리스가 그렇게 생각한 순간, 루이샤는 행동을 개시했다.

"아이리스, 이걸 받아."

"네?"

루이샤가 전이 마석을 던져 아이리스에게 건넸다. 그 수는 3개. 루이샤는 모든 전이 마석을 아이리스에게 양도한 것이다.

"형님, 제발 사용해 줘요!"

"미안해요, 마크스 씨. 저는 욕심쟁이거든요. 친구들은 물론이고 당신들도 이대로 죽게 놔두고 싶지 않아요."

"무, 무슨……!"

루이샤의 말에 마크스 일행의 얼굴이 붉게 물들었다.

"마, 말씀은 기쁘지만, 그럼 어떻게 하려고요! 이 마도구 말고는 달아날 방법이……."

"달아날 필요 없어요. 당당하게 돌아가죠."

그렇게 말한 루이샤는 오른쪽 손바닥을 천장으로 향한 뒤 마력을 모으기 시작했다.

"서, 설마 천장을 부술 생각입니까? 너무 무모합니다! 여기는 깊은 땅속이라고요!"

"불안한 건 이해해요. 하지만 지금은 절 믿어주시면 안 될까요?"

"윽……!"

믿어달라는 말을 들어버린 이상 마크스도 얌전히 물러날 수밖에 없었다.

일행들이 침을 꿀꺽 삼키면서 지켜보는 가운데, 루이샤는 마법을 구축해 나갔다.

"예쁘다……."

샤로가 자기도 모르게 중얼거렸을 만큼 루이샤가 빚어내는 마법은 아름다웠다. 루이샤의 전신에서 흘러넘친 황금색 마력이 오른쪽 손바닥에 모여 황금빛의 구체를 형성했다.

처음 보는 예술적인 마법에 모두가 시선을 빼앗긴 와중, 아이리스 혼자만이 손으로 입을 가린 채 눈물을 흘리고 있었다.

"저 마법은……!"

아이리스는 이 마법을 알고 있었다.

왜냐하면 그녀가 가장 존경하는 위대한 왕의 마법이니까.

"마황섬!"

루이샤의 오른손에서 뻗어 나온 황금색의 빛줄기가 천장에 격돌했다. 그러자 빛에 닿은 부분이 그대로 소멸해 버렸다.

"우오오오오오오오!"

루이샤의 포효에 비례하듯 빛줄기는 굵어져 갔고, 최종적으로는 돔 천장을 전부 뒤덮을 정도로 거대해졌다. 이윽고 빛이 잦아들자 천장에는 지상까지 이어진 거대한 구멍이 뚫려 있었다.

"어, 엄청난 위력이야. 저 두꺼운 암반을 뚫어 버리다니……."

상식을 뛰어넘은 마법의 위력에 마커스를 비롯해 다른 일행들도 경악을 금치 못했다. 이렇듯 루이샤가 발동한 마법은 얼핏 보기에 굉장한 위력을 과시했지만, 실상은 전혀 달랐다. 그 정체를 깨달은 것은 같은 마법을 한 번 본 적이 있는 아이리스뿐이었다.

'저건 틀림없는 마왕님의 마법. 그 효과는 다른 마법의 무력화…… 과연! 던전은 마법의 힘으로 생성되죠. 그래서 마황섬이 통하는 거로군요……!'

아이리스의 짐작은 옳았다. 던전이 마법의 힘으로 생성된다는 사실을 깨달은 루이샤는 이판사판으로 마법을 무력화시키는 마황섬을 날렸다. 루이샤의 도박은 성공했고, 단단한 암반은 빛의 입자로 변해 소멸했다. 도주로를 만든 것이다. 루이샤의 판단이 조금만 더 늦었더라면 던전은 평범한 바위로 되돌아가 와르르 무너져 내렸을 것이다.

"뒤는…… 부탁할게……!"

그 한마디를 남기고 의식을 잃은 루이샤를 아이리스가 부드러운 동작으로 부축했다. 아이리스는 마력을 전부 소진하고 잠들어 버린 주인의 얼굴을 애정이 담긴 눈빛으로 바라보았다. "고생하셨어요" 하고 루이샤의 머리를 쓰다듬은 아이리스는 곧 진지한 표정으로 카자하를 쳐다보았다.

"도주로는 확보되었어요! 뭔가 비행 가능한 수단이 없을까요?"

"큭큭. 어느새 멋진 표정도 지을 줄 알게 됐네, 아이리스. 여기는 나한테 맡겨. 특별히 공짜로 위까지 옮겨다 줄게."

다음 순간, 카자하의 옷이 부풀어 오르더니 옷 안에서 큼지막한 뿔이 나타났다. 그것은 바로 거대한 투구벌레의 뿔이었다. 덩치는 5m 정도일까. 투구벌레의 전신을 뒤덮은 갑각은 흰색으로 찬란하게 빛나고 있었다. 마치 다이아몬드 같았다.

이 곤충은 카자하가 특별히 아끼는 '금강 투구벌레'였다. 좀처럼 사람들 앞에 모습을 드러내지 않는 굉장히 희귀한 몬스터다.

"자, 금강아. 모두를 데리고 지상으로 나가자!"

등에 주인을 태운 투구벌레는 여섯 개의 굵고 강인한 다리로 루이샤 일행을 붙잡은 뒤, 커다란 날개를 펼쳐 날아올랐다.

그러는 동안에도 던전은 계속해서 무너져 내리고 있었다. 투구벌레가 날아오르고 수십 초가 지났을 무렵, 방금까지 루이샤 일행이 있던 자리는 던전의 잔해에 파묻히고 말았다.

"후우, 어떻게든 살긴 살았네."

"죽었다 살아난 기분이야……."

"후후, 재밌었어."

"그거 진심으로 하는 소리야?!"

탈출에 대한 감상은 각인각색이었다. 죽을 뻔했다는 사실이 거짓말 같은 소란스러운 모습으로 루이샤 일행은 지상으로 향했다.

이리하여 파란만장했던 던전 탐색은 막을 내리게 되었다.

지상. 던전의 입구가 위치한 유적에서 조금 떨어진 장소.

일행들은 무사히 눈을 뜬 루이샤와 함께 탈출의 기쁨을 나누고 있었다.

"……후우. 드디어 밖으로 나왔네요. 완전히 지쳤어요. 한동안

좁고 어두운 장소에는 못 들어갈 것 같아요."

"그러게. 이번에는 나도 녹초가 됐어. 얼른 돌아가서 샤워하고 싶어. 먼지 때문에 머릿결이 엉망이야."

"오, 머리를 감을 거라면 나한테 좋은 샴푸가 있어. 약간 비싸기는 하지만 친구니까 좀 깎아줄게."

"카자하, 넌 정말로 씩씩하구나……."

격전을 치른 뒤였음에도 루이샤 일행은 비교적 활기찼다.

반면 자칼의 세 멤버들은…….

"우오오오옷! 바, 밖이다! 지상으로 돌아왔어!"

"정말로, 정말로 살아서 돌아왔어요, 리더!"

"으아아아아앙! 이제 끝이라고만 생각했어!"

서로를 부둥켜안고 엉엉 울면서 살아있다는 기쁨을 만끽하고 있었다.

이윽고 루이샤가 그들을 향해 다가왔다.

"이야기는 들었어요. 제 친구들을 도와주셨다죠. 고맙습니다."

자신이 없는 동안 무슨 일이 있었는지를 알게 된 루이샤는 자칼의 세 멤버를 향해 머리를 숙이며 감사를 표했다.

루이샤도 약자였던 경험이 있기에 자신보다 강한 상대에게 맞서는 것이 얼마나 어려운지 잘 알았다. 그래서 진심으로 세 사람에게 고마움과 존경심을 느꼈다.

루이샤의 진심 어린 감사에 마크스 일행은 쑥스럽다는 듯이 머리를 긁적였다.

"헤, 헤헤헤. 관둬요, 형님. 고맙다는 말은 저희가 해야죠. 우리는 형님 덕분에 잊어버렸던 꿈을 다시 떠올릴 수가 있었어요. 만약 오늘의 만남이 없었더라면 우리는 평생 썩어빠진 모험가로 남았겠죠."

그렇게 말하는 마크스의 눈동자에는 젊은 시절의 열정이 깃들어 있었다. 그리고 그것은 동료인 짐과 마르 또한 마찬가지였다.

"그러니 고맙습니다. 형님은 우리에게 다시 한번 꿈을 꿀 기회를 만들어 주었어요."

머리를 숙이고 감사를 표하는 세 사람을 보면서 루이샤는 가슴이 뜨거워지는 것을 느꼈다.

과연 이것이 잘한 일인지는 확신할 수 없었다. 그래도 눈앞의 사람들에게 소중한 무언가를 제공해 주었다는 것만큼은 알 수 있었다. 스승님들처럼 훌륭한 사람이 되려면 아직 멀었지만, 루이샤는 앞으로도 많은 사람의 도움이 되고 싶었다.

그렇게 감동적인 분위기가 흐르는 가운데, 카자하는 문득 생각났다는 듯이 "아" 하고 중얼거렸다.

"보물은?! 던전에서 그 고생을 해놓고 아무런 소득도 없다니!"

"……하아, 내 감동 돌려 내."

던전에서 탈출한 일행은 무거운 마음을 이끌고 왕도로 귀환

했다.

"그러면 우리는 여기서 이만 실례할게요, 형님."

왕도에 들어가서 조금 더 걸어갔을 무렵, 마크스 일행이 말했다. 마크스의 말에 의하면 세 사람은 모험가 조합 근처에 살고 있다는 모양이었다.

"응. 고마웠어, 마크스, 짐, 마르. 또 만나."

존댓말을 하지 말라고 부탁받은 루이샤는 세 사람에게 말을 놓게 되었다. 하지만 반대로 '형님'이라고 부르지 말라는 루이샤의 부탁은 기각당하고 말았다.

"네, 형님. 불러만 주신다면 곧바로 달려갈게요. 언제든지 불러 주세요."

"알았어. 든든한걸."

루이샤와 마크스는 악수했다. 비록 함께한 시간은 짧지만, 두 사람 사이에는 분명한 인연이 싹터 있었다.

그리고 그것은 두 사람뿐만 아니라 다른 이들도 마찬가지였다.

"또 만나요, 누님. 저 짐이 곧바로 달려가겠습니다."

"누님은 누가 누님이야. 이상한 호칭으로 부르지 마."

"아이리스. 나, 나중에 나랑 쇼핑 가지 않을래? 아, 물론 싫으면 됐고!"

"아뇨. 저야말로 부탁드릴게요, 마르 씨. 언제든지 불러 주세요."

"다들 사이가 좋아진 것 같네."

"후후, 우정이란 아름다운 거로군."

다시 만날 것을 약속한 자칼의 멤버들과 루이샤 일행은 아쉬움을 뒤로하고 작별을 고했다.

모험 도중에 생겨난 기묘한 인연. 만난 지 얼마 되지 않은 사이지만, 루이샤는 앞으로 이들과 오랫동안 알고 지내게 될 것이라 느꼈다.

"그러면 우리도 이쯤에서 작별이네. 다들 고생했어."

마법 학교에 들어서자 루이샤가 다른 일행들에게 말했다. 남자 기숙사와 여자 기숙사는 꽤 멀리 떨어져 있어서 정문에 들어서자마자 남녀로 갈라져야 했다. 참고로 시온은 기숙사가 아니라 귀족가의 저택에 살고 있기에 일찌감치 헤어졌다.

"그럴 수는 없어요. 옷도 더러워지셨으니 제가 세탁을……."

"자자, 그러는 아이리스야말로 흙투성이니까 얼른 기숙사로 들어가자."

여기까지 와서도 루이샤를 챙기려 드는 아이리스를 카자하가 여자 기숙사로 질질 끌고 데려갔다.

"하하, 두 사람도 무척 친해진 모양이네. 잘됐다."

"그러게. 뭐, 나랑은 여전히 험악하지만."

"……그렇구나."

던전을 나온 이후로 아이리스는 카자하, 그리고 자칼의 멤버들과 상당히 터놓고 지내게 되었다. 그렇지만 샤로를 대할 때만큼은 여전히 서먹했다. 존경하는 루이샤와 친하니까……라는 이유만으로는 설명할 수 없는 '적의'를 샤로는 느꼈다.

루이샤는 아이리스가 샤로를 적대하는 이유를 잘 알고 있었다. 하지만 샤로에게 그것을 설명해 줄 수는 없었다.

'아이리스가 마족이라고 털어놓을 수도 없고…… 게다가 마왕을 존경해서 용사를 원망한다는 소리를 어떻게 하겠어……'

Z반의 학생들은 아이리스가 마족이라는 사실을 모르고 있었다. 루이샤의 친구 중에는 감이 날카로운 이들도 많았지만, 흡혈귀는 뛰어난 마력 조작 기술로 날개와 꼬리를 숨길 수가 있었기 때문에 현재까지는 그 누구도 아이리스의 정체를 깨닫지 못했다. 인간보다 귀가 좀 뾰족하기는 했지만, 이는 아인의 피가 섞인 인간에게서도 흔히 나타나는 특징이었다. 이 정도로 들킬 염려는 없었다.

확실히 아이리스는 다른 학생들과 친해진 듯 보였다. 하지만 아직 그녀의 정체를 밝히기에는 시기상조였다. 그만큼 마족과 인간의 골은 깊었다. 두 종족은 지리적으로도 완전히 갈라져 버린 상태였고, 어지간한 사유로는 왕래조차 불가능했다.

게다가 샤로가 아이리스의 정체를 알게 되면 어떤 생각을 품을지도 불명이었다. 그러니 확신이 생기기 전까지는 진실을 털어놓을 수 없었다.

"뭐, 아무래도 좋아. 억지로 친해질 생각도 없고."

샤로는 그렇게 말한 뒤 여자 기숙사를 향해 걸음을 내디뎠다.

"난 이만 가볼게, 루이. 따뜻하게 입고 자."

"응. 샤로도 감기 걸리지 않도록 조심해."

홀로 기숙사로 향하는 샤로의 뒷모습이 살짝 쓸쓸해 보이는 것은 루이샤의 기분 탓이었을까? 진실은 그녀만이 알고 있으리라.

혼자서 남자 기숙사로 걸어가는 루이샤. 던전에 있는 동안 하루가 꼬박 지나버린 상태였고, 이는 바꿔서 말하면 이틀을 내리 움직였다는 말이 된다. 아무리 괴물 같은 체력의 소유자인 루이샤라 해도 지치지 않을 수가 없었다. 실제로 루이샤의 발걸음은 무척 무거워 보였다.

"내일은 등교해야 하니까 얼른 자자. 삭신이 쑤시는 기분이야……."

혼잣말을 중얼거리며 기숙사로 향하니, 입구에 누군가 서 있었다. 그는 루이샤를 목격하기가 무섭게 엄청난 기세로 접근해 왔다. 이곳에서 줄곧 루이샤를 기다리고 있었던 모양이다.

"드디어 돌아왔군! 왜 이렇게 늦었나!"

"어?! 코지로 씨?!"

화난 얼굴로 달려온 것은 임시 교사인 검장 코지로였다. 설마 이런 곳에서 만난 줄은 예상하지 못했던 루이샤는 화들짝 놀라고 말았다.

"코, 코지로 씨가 왜 여기에?"

"왜고 자시고! 기숙사 사감께서 너희들이 돌아오지 않았다고 하시길래 얼마나 걱정했는지! 대체 뭘 하다 온 건가!"

코지로가 무시무시한 얼굴로 루이샤를 질책했다. 루이샤 일행을 정말로 걱정한 모양이었다. 그의 제지를 뿌리치고 던전으로 향했던 기억을 떠올린 루이샤는 가슴이 미어지는 것을 느꼈다.

"죄, 죄송합니다. 하지만 보시다시피 전 멀쩡해요."

"그 몰골로 잘도 멀쩡하다는 소리가 나오는군."

루이샤는 큰 상처가 없을 뿐 온몸 곳곳이 생채기투성이였다. 루이샤의 상태를 정확하게 파악한 코지로는 황급히 돌아가려는 루이샤를 막아 세웠다.

"자네, 혹시 내가 건네준 회복약은 사용했나?"

"아."

던전으로 향하던 도중 코지로에게 회복약을 받았다는 사실을 떠올린 루이샤는 주머니에서 회복약이 든 호리병을 꺼내 들었다.

루이샤의 손에서 그것을 빼앗은 코지로는 안에 들어있는 녹색의 끈적한 액체를 자신의 손바닥에 펴 발랐다.

"살짝 따끔해도 참도록."

"네?"

어리둥절한 루이샤를 무시한 채, 코지로는 그 녹색의 액체를 루이샤의 상처에 바르기 시작했다. 코지로의 말대로 회복약은 상당히 쓰라렸다.

"아야얏!"

"움직이면 못써. 제대로 치료해 두지 않으면 흉터가 남을 거다."

코지로는 날뛰는 루이샤를 붙잡고 상처에 회복약을 발랐다. 평범한 어른이라면 루이샤를 억누르는 짓은 불가능했을 테지만, 코지로는 장군의 문장을 지닌 실력자다. 단순히 신체 능력만 따지면 아직 꼬맹이인 루이샤보다 뛰어났다.

결국 그는 루이샤의 전신을 회복약으로 뒤덮다시피 하고 나서야 만족한 듯 고개를 끄덕였다.

"음, 이거면 됐다."

"으으, 쓰라려……."

욱신거리는 몸을 문지르면서 자리에서 일어나는 루이샤. 그 직후 루이샤는 자신의 몸이 굉장히 가벼워졌다는 걸 깨달았다. 방금까지 온몸을 짓누르던 피로감이 상당히 가셨다.

"어때, 효과가 괜찮지? 이제 뜨거운 물에 푹 담근 다음 자고 일어나면 개운해져 있을 거야. 아이들은 회복이 빠르거든."

코지로는 자애로운 눈빛으로 눈앞의 소년을 바라보면서 말했다.

"가, 감사합니다……."

"됐다. 아이들을 구하고 이끄는 것은 어른의 책무지. 당연한 일을 했을 뿐이야."

코지로는 그대로 몸을 일으켜 자리를 떠나갔다. 곧바로 돌아가는 것을 보니 정말로 루이샤가 걱정되어 기다리고 있었던 모양이었다. 아직 알고 지낸 지도 얼마 되지 않았건만 어떻게 이렇게까지 챙겨줄 수가 있는지 루이샤는 신기할 따름이었다.

"내일 꼭 고맙다는 인사를 드려야겠어."

루이샤는 그렇게 중얼거리며 기숙사로 되돌아갔다. 이리하여 루이샤의 짧고도 장렬한 모험은 막을 내렸다.

던전에서 돌아온 다음 날. 루이샤는 여느 때처럼 떠오르는 아침 해와 함께 잠에서 깨어났다.

"끄으윽!"

힘껏 기지개를 켜는 루이샤. 피로가 완전히 풀렸는지 기지개를 켜도 삭신이 쑤시거나 하지는 않았다. 코지로가 발라준 약의 효능은 확실한 듯했다.

"좋아, 오늘도 힘내자!"

움직이기 쉬운 차림으로 갈아입은 루이샤는 기숙사에서 뛰쳐나와 밖에서 근력 단련을 시작했다. 얼핏 보기에는 평범한 윗몸 일으키기와 팔 굽혀 펴기였지만, 실제로는 자신의 몸에 중력 마법을 걸어 무게가 몇 배로 늘어난 상태였다. 일반인은 상상도 못할 고된 단련이었다.

"후욱…… 후욱……."

몸에 한계까지 중력을 적용했기에 루이샤의 호흡은 금세 흐트러졌고, 이마에서는 땀방울이 배어 나왔다. 하지만 아직은 그만둘 때가 아니었다. 그렇게 루이샤는 이른 아침부터 고된 단련을 계속해 나갔다.

"더는…… 무리야."

충분히 몸을 혹사한 루이샤는 풀밭 위에 털썩 드러누웠다. 달콤한 고통과 기분 좋은 피로감이 전신으로 퍼졌다. 루이샤는 이

감각이 썩 싫지 않았다.

"꾸엑."

바로 그때 루이샤의 곁으로 한 마리의 새가 다가왔다.

광택을 머금은 녹색의 깃털과 2m에 달하는 거구가 인상적인 새였다. 크고 동그란 눈은 사람을 잘 따를 것 같은 인상을 주었고, 실제로 이 새는 후두부에 난 노란 벼슬을 루이샤에게 문지르며 애교를 부렸다.

"으앗, 그만 밀어. 파로무."

"꾸엑!"

루이샤가 이름을 부르자 파로무가 기운차게 대답했다.

루이샤는 도적단에 붙잡혀 팔릴 뻔했던 파로무를 구해준 적이 있었다. 그때부터 루이샤를 따르게 된 파로무는 현재 남자 기숙사 인근의 숲에 자리를 잡고 생활하고 있었다. 파로무는 애교가 묻어나는 행동과 높은 지능으로 다른 학생들한테 인기가 많았고, 덕분에 먹을 것도 자주 받아먹을 수 있었다. 그래서 최근에는 약간 살이 찌고 말았다.

파로무는 노란 부리에 물고 있던 물통을 루이샤에게 건넸다.

"매번 고마워. 잘 마실게."

물통을 받아 든 루이샤는 안에 든 물을 단숨에 벌컥벌컥 들이켰다. 루이샤가 항상 이 시간대에 훈련한다는 사실을 알게 된 파로무는 언제부터인가 물을 떠다가 훈련을 마친 루이샤에게 건네주고 있었다.

"고마워. 덕분에 훈련하는 맛이 나는걸."

곧 파로무에게 물통을 반납한 루이샤는 근육 단련을 재개했다.

그 모습에 파로무는 불안한 표정을 지었다.

루이샤의 노력량은 누가 봐도 정상이 아니었다. 무한감옥에서 나온 뒤로 매일같이 몸을 혹사하고, 반 친구들로부터 미지의 능력을 흡수하고, 공부에도 탐욕적으로 임하고 있었다.

일반인이라면 폐인이 되고 남았을 노력량. 물론 루이샤도 도가 지나치면 몸을 망치게 된다는 사실을 마음 깊이 숙지하고 있었다. 다만, 루이샤에게는 강해지고자 하는 이유가 있었다. 그저 광적으로 강해지기만을 원했던 예전과는 달랐다.

"좋아, 조금만 더 분발하자!"

루이샤는 자신의 목표를 이루기 위해 오늘도 기합을 단단히 넣고 단련에 매진했다.

같은 날 점심. 평소처럼 야외에서 코지로와의 특별 수업이 이어졌다. 그런데 수업이 시작되자 코지로는 진지한 얼굴로 입을 열었다.

"갑작스럽게 전하게 되어 미안하군. 내 수업은 오늘이 마지막이다. 짧은 기간이었지만 즐거웠다."

갑작스러운 발언에 학생들은 "그럴 수가!" 하고 안타까워했다.

2주라는 짧은 시간 동안 코지로와 Z반 학생들은 상당히 친해져 있었다. 코지로는 학생들을 잘 돌볼 줄 알았고, 수업도 친절하고 정확했다. 그래서 별종들로 가득한 Z반 학생들도 그에게 금세 마음을 열어 주었다.

코지로도 자신을 따르는 학생들이 귀여웠던 것이리라. 그의 표정은 무겁고 어두웠다. 움직임도 어딘가 어색했다. 루이샤는 그를 보면서 약간의 위화감을 느꼈다.

"그러면 우리부터 빨리 수행시켜 줘!"

반을 시작으로 다른 학생들도 코지로를 향해 우르르 몰려들었다. 그러자 코지로는 기쁜 듯한, 동시에 어딘가 쓸쓸한 얼굴로 훈련에 어울려 주기 시작했다. 그렇게 몇 분쯤 지나자 코지로는 평소의 모습으로 돌아가 학생들의 훈련에 매진했다.

루이샤도 일말의 불안감이 느껴지기는 했지만, 코지로의 곁으로 다가가 훈련을 받았다. 그의 훈련 내용은 검술이 전부가 아니었다. 검사를 상대로 한 싸움법부터 전투 중에 마법을 구축하는 방법까지 엄청나게 실전적인 내용으로 채워져 있었다.

그러므로 굳이 검사가 아니더라도 코지로의 수업은 충분히 도움이 되었다. 다만, 그래도 역시 검을 사용하면 얻을 것이 많았다.

"이부키, 너는 검을 움켜쥔 손에 힘이 너무 들어갔어. 조금 더 가볍게 쥐도록 해."

"이렇게 말인가요? 하지만 이러면 검을 떨어트릴 우려가 있잖습까."

"공격하는 순간에만 강하게 움켜쥐면 돼. 중요한 건 완급이야. 유연함이 없는 검일수록 부러지기 쉬운 법이지."

"아, 알겠슴다. 연습해 볼게요."

처음에는 코지로를 경계했던 이부키도 그를 신용하기 시작했는지 검술을 배우기에 이르렀다. 루이샤가 보기에도 이부키의 자세는 좋아지고 있었다. 어깨의 힘이 빠지면서 동작에 여유가 생겨났다. 단기간에 이만큼이나 성장하기는 쉽지 않다. 코지로의 지도 능력이 그만큼 대단하다는 뜻이었다.

"자, 그러면 다음은…… 저 학생이 좋겠군."

코지로는 유리를 지목하고 그의 곁으로 다가갔다.

"왕자님, 제가 뭔가 도와드릴 것이 있습니까?"

"아, 코지로 씨. 실은 저도 무기 다루는 법을 배워볼까 하던 참이었어요. 가르침을 받을 수 있을까요?"

유리가 들고 있는 것은 끝부분에 왕관 모양의 장식이 달린 지팡이였다. 길이는 150cm 정도. 얼핏 보기에는 왕자인 유리에게 잘 어울리는 장식용 지팡이처럼 보였지만, 실제로는 전투에 특화된 지팡이였다.

가볍고 튼튼한 미스릴 합금으로도 모자라 끝부분은 세상에서 가장 단단하다는 전설의 금속 아다만타이트의 분말로 도금되어 있었다.

이부키에게 보호받기만 해서는 안 된다고 생각한 유리는 사비를 털어 이 지팡이를 만들었다. 여차할 때를 대비해서 어느 정도는 스스로 싸울 수 있도록 단련해 두고 싶었다.

"호오, 지팡이라. 지팡이라면 저도 조예가 좀 있지요."

코지로는 유리에게 지팡이술의 기초를 가르쳐 준 다음, 실전 형식의 특훈에 돌입했다.

"그러면 지금부터 가볍게 공격해 보겠습니다. 방금 가르쳐 드린 내용을 살려서 막아 보십시오."

"아, 알겠습니다."

유리는 검의 달인이 공격해 들어온다는 사실에 약간 두려움을 느끼면서도 고개를 끄덕여 승낙했다. 유리는 지팡이를 양손으로 단단히 움켜쥔 뒤 허리를 살짝 낮추었다. 빈틈이 적은 공방일체의 자세였다. 유리도 신체 능력 자체는 뛰어난 편이니 웬만한 시정잡배들은 상처 하나 입히지 못할 것이다.

"훌륭한 자세입니다……. 그리고 훌륭한 표정입니다. 정말로, 정말로 아깝군요."

"네? 무슨 말이시죠?"

코지로의 뜻 모를 중얼거림에 의아해하는 유리. 하지만 코지로는 대답하지 않고 허리에서 장검 '모노호시'를 뽑아 들었다.

아름답고도 스산한 광채를 발하는 도신이 모습을 드러냈다. 유리는 긴장하며 지팡이를 움켜쥔 손에 힘을 주었다.

"그러면 갑니다."

"……예!"

코지로가 각오를 다진 유리에게 검을 휘둘렀다. 군더더기 없이 깔끔한 횡베기. 코지로의 공격을 유심히 지켜보던 유리는 검과 지팡이가 부딪치는 순간 지팡이 끝을 쳐올렸다.

그로 인해 공격의 궤도가 위쪽으로 살짝 틀어졌고, 유리는 무릎을 굽혀 코지로의 검을 여유롭게 회피했다.

"해냈다!"

생각했던 대로 회피한 유리가 주먹을 불끈 움켜쥐었다. 코지로는 천진난만하게 웃는 그를 바라보며 부드럽게 미소 지었다. 하지만 그것도 잠시. 불현듯 코지로의 눈빛이 냉혹하게 변했다.

"미안하네."

코지로가 중얼거린 직후, 허공을 가르던 코지로의 검이 불현듯 궤도를 바꿔 유리의 목을 엄습해 들어갔다.

"어?"

유리의 입에서 얼빠진 목소리가 새어 나왔다. 코지로의 검이 유리의 목과 몸통을 사선으로 베어버린 것이다. 유리는 그대로 바닥에 쓰러져 꿈틀꿈틀 경련했다. 아직 숨통은 붙어있었지만 당장 죽어도 이상하지 않은 상황이었다.

한편 코지로는 일말의 자비도 없었다. 그의 검 끝이 쓰러진 유리의 후두부에 닿았다.

"잘 가게."

그렇게 말하며 손에 힘을 주는 코지로. 하지만 유리의 후두부가 꿰뚫리기 직전, 코지로의 검이 가로막히며 살해 시도는 실패로 끝났다.

"이게 대체…… 어떻게 된 건가요."

코지로의 검을 튕겨낸 루이샤는 매서운 눈빛으로 코지로를 노려보았다. 루이샤의 눈동자에는 강한 적의, 그리고 당혹감이 깃들어 있었다. 방금까지 상냥한 분위기로 학생들을 대하고 있으면서 도대체 왜? 라는 의문이 루이샤의 머릿속에 소용돌이쳤다.

"이 자식! 무슨 짓을 한 거야!"

루이샤가 코지로를 노려보며 견제하는 사이, 호위인 이부키가 달려와 검을 뽑았다. 투구를 쓰고 있어 표정은 알 수 없었지만, 강한 분노가 묻어나고 있었다.

"왕자님은 너 같은 평민이 함부로 위해를 가해도 되는 분이 아니야……! 잘도, 잘도 저질러 주셨겠다……! 죽여 버리겠어!"

평소의 태연한 모습에서는 상상도 할 수 없는 이부키의 험악한 말투에 학생들은 화들짝 놀랐다. 이부키의 충성심을 의심한 것은 아니지만, 이렇게 이성을 잃을 정도로 왕자를 따르고 있었다고는 루이샤도 미처 생각하지 못했다.

"이부키, 침착해. 막무가내로 공격한다고 이길 수 있는 상대가 아니야."

"말리지 마, 루이샤. 저 녀석은 내가 반드시 죽이겠어……!"

이부키는 흉흉한 살기를 뿜어내며 코지로를 노려보았다. 하지만 분노로 무뎌진 검으로는 코지로에게 이길 수 없다. 그 사실을 잘 알고 있는 루이샤는 이부키를 진정시키고자 행동에 나섰다.

"이부키, 사실은……."

루이샤가 이부키의 귓가에 대고 속닥속닥 귓속말했다.

"……! 그게 정말임까?!"

루이샤의 귓속말을 듣자 이부키의 목소리에 화색이 돌았다. 분노로 떨리던 몸은 평정을 되찾았고, 말투도 평소대로 돌아오기 시작했다. 루이샤가 해준 말은 그만큼 이부키에게 값진 것이었다.

"……알겠슴다. 아직 완전히 납득이 된 건 아니지만, 여기는 루이한테 맡기도록 하죠. 그 대신에…… 반드시, 반드시 저 녀석한테 이겨 주세요."

"응. 맡겨 줘."

루이샤는 머리를 깊이 숙이고 부탁하는 이부키의 어깨에 손을 얹으며 대답했다.

신뢰하는 친구에게 뒷일을 맡긴 채, 이부키는 바닥에 힘없이 쓰러져 있는 주인을 안아 들고 서둘러 자리를 떠났다.

두 사람이 무사히 다른 학생들 곁으로 이동했음을 확인한 루이샤는 샤로와 볼프, 아이리스를 쳐다보았다.

'다른 애들을 지켜줘.'

루이샤는 간단한 손짓으로 세 사람에게 Z반 학생들을 지켜달라고 부탁했다. 이를 본 세 사람은 곧바로 루이샤의 의도를 파악하고 고개를 끄덕였다. 다만 볼프는 루이샤의 지시를 받고서 복잡한 심경을 드러냈다.

"제길! 이런 상황에 할 수 있는 게 아무것도 없다니!"

솔직히 말하자면 옆에서 함께 싸우고 싶었다. 하지만 지금 자신의 실력으로는 루이샤의 걸림돌이 될 뿐이라는 것을 볼프는 뼈저리게 알고 있었다.

볼프는 강하다. 그러나 이는 어디까지나 학생이라는 범주에서 봤을 때였다.

장군의 문장과 왕의 문장의 소유주들은 인간의, 아니, 생물의 영역을 뛰어넘는 실력자들이다. 볼프는 아직 그들과 나란히 설 정도의 실력을 갖추지 못한 상태였다.

그리고 그것은 샤로 역시도 마찬가지였다.

"걸림돌인 건 너뿐만이 아니야. 나도 똑같아."

볼프는 목소리가 들려온 방향으로 고개를 돌렸다.

샤로는 입술을 강하게 깨물며 루이샤가 있는 곳을 바라보고 있었다. 그녀의 분홍빛 눈동자에는 무력감, 걱정, 그리고 분함이 담겨 있었다.

"분하겠지, 아쉽겠지. 나라고 다를 것 없어. 하지만 고개를 돌려선 안 돼. 이 싸움을 끝까지 지켜보고 양분으로 삼는 거야. 강해지기 위해서라도."

샤로의 말을 들은 볼프는 벼락에 맞은 듯한 충격에 휩싸였다. 자신이 어린애처럼 투정을 부리고 있는 동안, 샤로는 자신의 약함을 받아들이고 미래를 내다보고 있었다.

볼프는 양손으로 자신의 두 뺨을 짝 때려 기합을 넣었다.

"……알았어, 누님. 그렇다면 나도 내가 해야 할 일을 하겠어. 무슨 일이 있어도 저 녀석들을 지켜내겠어."

"그래. 그리고 나중에 또 누님이라 부르면 죽을 줄 알아."

"네⋯⋯."

기죽어 버린 볼프를 무시한 채, 샤로는 진지한 얼굴로 루이샤를 바라보았다.

루이샤는 확실히 강하다. 하지만 상대도 상당한 실력자였다. 세간에서 흔히 천재라 칭해지는 자 중에서도 장군의 문장을 발현시키는 자는 그리 많지 않았다.

압도적인 재능과 범상치 않은 노력이 갖춰지지 않으면 장군의 문장은 발현되지 않았다.

'부탁이야. 무사히 돌아와⋯⋯.'

샤로는 마음속으로 그렇게 빌었다.

그리고 다른 한 사람, 아이리스도 루이샤를 복잡한 심경으로 바라보고 있었다.

"크윽⋯⋯. 제게 좀 더 힘이 있었더라면⋯⋯!"

유리가 피습을 당한 순간, 아이리스도 상황의 심각성을 깨닫고 곧장 행동하려 했다. 하지만 검을 뽑은 코지로의 위압감에 압도되어 발걸음이 떨어지질 않았다.

아이리스의 다리는 지금도 부들부들 떨리고 있었다. 이런 상태로는 루이샤의 발목만 붙잡을 뿐이다. 자신의 한계를 실감한 아이리스는 볼프와 마찬가지로 가만히 서서 지켜보는 것밖에 할 수 없었다.

늘 우수했던 아이리스는 이만큼 좌절을 경험해 본 적이 없었다.

너무나도 분한 나머지 움켜쥔 주먹에서 핏방울이 떨어져 내렸다.

세 사람은 저마다 자신만의 생각을 품고서 눈앞의 싸움을 지켜보았다.

한편 루이샤와 코지로는 일정 거리를 유지한 채로 서로를 노려보고 있었다.

"……어째서 그런 짓을 벌이신 건가요? 당신과 함께했던 시간이 짧기는 했지만, 제 눈에 비친 당신은 이런 짓을 할 사람으로 보이지 않았어요. 저희를 가르쳐 주셨던 당신은, 던전으로 향하는 우리를 걱정해 주었던 당신은…… 거짓된 모습이었던 건가요?"

"그렇게 간단한 이야기가 아니야. 인간이란 한 가지 측면만으로는 설명할 수 없는 법이지. 애들한테는 조금 어려운 말일지도 모르겠군. 그보다 길을 비켜주지 않겠나? 왕자님 이외의 학생을 다치게 할 생각은 없거든. 나를 곤란하게 만들지 말아줘."

코지로는 그렇게 말하며 다른 학생들에게 치료받고 있는 유리를 쳐다보았다. 유리를 베었을 때의 감촉이 아직 손에 남아있었다. 의심의 여지 없는 치명상이었다. 코지로는 유리가 목숨을 부지하기 힘들 것이라고 내다보았다.

"제 친구에게 손을 댄 당신을 순순히 보내드릴 수는 없습니다. 다른 애들을 해치지 않겠다는 말도 진짜라는 증거가 없고 말이죠."

"……일리가 있군. 살인자의 말을 곧이곧대로 믿을 수는 없는 법이지."

납득했다는 듯이 중얼거린 코지로는 허리에서 천천히 검을 뽑아 루이샤와 대치했다.

"하지만 내게도 물러날 수 있는 이유가 있다. 네가 길을 막는다면 억지로라도 뚫고 지나갈 뿐이다."

코지로는 얼어붙은 듯 차가운 눈빛으로 루이샤를 바라보았다. 무시무시한 살기를 머금은 시선에 정면으로 노출된 루이샤는 마치 심장에 나이프를 들이댄 듯한 착각을 받았다.

"……간다."

다음 순간, 코지로가 사라진 것처럼 보일 만큼 무시무시한 속도로 엄습해 들어왔다. 삽시간에 루이샤의 코앞으로 접근한 그는 움켜쥔 검을 횡으로 휘둘렀다.

루이샤는 황급히 무릎을 굽혀 그 일격을 회피했지만, 곧바로 두 번째, 세 번째 공격이 쉴 틈 없이 쏟아져 내렸다. 피하기만 해서는 전부 감당할 수 없다고 판단한 루이샤는 용왕검을 휘둘러 코지로의 검을 쳐냈다.

"호오, 내 공격을 받아내다니. 훌륭한 신체와 검을 지니고 있군."

"둘 다 스승님께 받은 제 자랑거리죠. 쉽게 승부를 내줄 생각은 없습니다……!"

쏟아지는 참격의 비를 받아낸 루이샤는 앙갚음이라는 듯 코지로의 복부에 주먹을 내질렀다. 하지만 코지로는 이를 군더더기 없는 움직임으로 회피한 뒤 루이샤의 몸통에 돌려차기를 날렸다.

"크윽……!"

한쪽 팔로 간신히 발차기를 막아내긴 했으나, 기공술로 강화했는데도 팔이 빨갛게 부어올랐다. 기공술이 없었다면 그대로 부러 졌을 거다.

근접전은 불리하다고 판단한 루이샤는 일단 거리를 벌리고 중거리에서 공격을 감행했다.

"폴 파이어!"

루이샤는 고속으로 마력을 연성해 특기인 화염 마법을 날렸다. 사람을 통째로 집어삼킬 만큼 거대한 화염구가 매서운 속도로 코지로를 향해 날아갔다.

"완성도가 높은 마법이군. 하지만 이 정도로 나를 쓰러트리려 하다니 실망이다."

화염구가 날아오는 와중에도 코지로는 전혀 당황하지 않았다. 코지로는 우아한 동작으로 검을 높이 치켜든 다음, 흡사 부채질 하듯 아래로 휘둘렀다.

"천람류…… 츠바메 선풍."

그러자 코지로의 검 끝에서 바람이 휘몰아쳤다. 전방으로 날아간 바람은 루이샤가 발사한 화염구와 격돌해 상쇄시켜 버렸다.

"이럴 수가……!"

초위 마법이 너무나도 간단히 격파당하자 루이샤는 경악했다. 인간의 벽을 뛰어넘은 자의 실력을 재확인할 수 있었다.

"멍하니 있을 여유는 없을 텐데……!"

장검을 높이 치켜든 코지로는 전광석화 같은 속도로 접근해 검을 내리쳤다. 공격을 회피한 루이샤는 다시금 거리를 벌려 유리한 위치에서 싸우려 했지만, 코지로가 금세 거리를 좁혀 오는 바람에 마법을 사용할 타이밍을 만들어내지 못했다.

"상대의 약점을 공략하는 것이 싸움의 기본이다. 기억해 두도록."

"크윽……!"

상대방에게 조언할 만큼 여유 있는 코지로와 달리 루이샤는 방어에 급급했다. 단순한 완력과 마력만 따지자면 루이샤는 코지로에게 밀리지 않는다. 그러나 풍부한 실전 경험이 코지로의 저력을 끌어올렸다.

승리를 확신한 코지로는 검의 속도를 올려 단숨에 승부를 내려고 했다. 하지만 아무리 속도를 올려도 루이샤를 벨 수가 없었다.

'이 녀석, 전투 도중에 성장하고 있는 건가……?!'

방금만 해도 루이샤는 코지로의 공격에 제대로 반응하지 못했다. 속임수에 쉽게 넘어갔으며, 방어도 한 박자씩 늦었다. 그런데 어느샌가 공격을 하나둘씩 피하기 시작했다.

물론 루이샤의 움직임이 갑자기 날렵해진 건 아니었다. 코지로의 움직임을 벌써 익히고 대응하는 거다.

루이샤가 무한감옥에서의 수행으로 체득한 것은 두 왕의 힘뿐만이 아니었다. 루이샤에게 잠들어 있던 루이샤만의 능력. 초학습능력을 개발해낸 것이다.

마왕과 용왕, 두 스승의 가르침을 받는 과정에서 루이샤는 다른 사람의 기술과 움직임을 습득하는 재주를 터득했다. 여기에 루이샤가 원래부터 지니고 있던 강함을 향한 광적인 동경심이 더해지며 루이샤의 학습 능력은 '이능'이라 불러도 무방한 수준으로 승화되었다.

따라서 시간이 지나면 지날수록, 기술을 보면 볼수록 루이샤는 강해졌다. 상대방의 능력을 익히고, 대처하고, 나아가 자신의 것으로 만들 수 있었다.

"좋았어……. 이제 대충 알 것 같아."

"크윽, 하지만 이 기술이라면 받아낼 수 없겠지!"

사방팔방에서 엄습해 오는 수많은 참격.

루이샤는 그 모든 공격을 피하고, 받아내고, 흘려넘겼다.

"……굉장해."

전투를 관람하던 Z반 학생 중 누군가가 나지막이 중얼거렸다.

위급한 비상사태이지만 다들 눈앞의 전투에서 눈을 뗄 수가 없었다. 그만큼 두 사람이 펼치는 전투는 격렬하고, 뜨겁고, 아름다웠다.

"우오오오오옷!"

코지로의 공격을 전부 받아낸 루이샤는 포효를 내지르며 용왕검으로 반격을 날렸다. 초심자의 눈에는 얼핏 막무가내로 보일 수도 있는 공격이었다. 하지만 속임수가 섞인 이 공격을 막으려면 세심한 주의를 기울여야 했다. 웬만한 검사는 속임수를 간파하지 못하고 그대로 당할 거다.

하지만 코지로는 잔재주에 현혹되지 않고 냉정하게 루이샤의 공격을 받아넘겼다.

"그 나이에 이만큼 싸울 수 있다니, 놀랍군. 하지만 날 상대할 정도는 아니다!"

검술로 코지로를 꺾을 수 없다고 판단한 루이샤는 마법을 이용해 유리한 위치에 서고자 했지만 코지로의 특수한 보법 때문에 이마저도 여의치 않았다. 바닥을 스치듯이 움직이는 탓에 동작이 작고, 움직임을 읽기 힘든 데다가, 작은 빈틈도 놓치지 않았다.

이 보법과 장검의 이점, 뛰어난 기량이 맞물리자 루이샤는 고전을 면치 못했다. 오우카와의 검술 수행이 없었더라면 이만큼 공격을 주고받지도 못했을 것이다.

'어떻게든, 어떻게든 빈틈을 찾아내야…….'

루이샤는 코지로의 공격을 필사적으로 받아내면서 빈틈을 찾았다. 하지만 얄궂게도 상대방의 빈틈을 찾는 데 집중한 나머지 자신의 움직임이 둔해졌고, 이것이 결국 자신의 빈틈으로 이어지고 말았다. 아주 약간의, 시간으로 치면 1초도 되지 않는 작은 빈틈이었지만 코지로는 놓치지 않았다.

"천람류, 쪼아 먹기."

마치 새가 벌레를 쪼아 먹는 듯한 초고속 찌르기 기술. 코지로의 검 끝이 루이샤의 오른쪽 어깨에 명중해 살점을 꿰뚫었다.

"아윽……!"

갑작스럽게 찾아온 고통에 얼굴을 일그러트리는 루이샤. 움직임도 뚝 멈춰버리고 말았다.

"끝이다. 강한 소년이여."

코지로는 옆으로 비스듬히 움켜쥔 검을 루이샤의 목을 향해 휘둘렀다.

절체절명의 상황. 하지만 루이샤는 아직 체념하지 않았다.

"기공술 방어식 7형태…… 카게로우!"

기공술을 발동한 순간, 루이샤의 몸이 마치 신기루처럼 흐릿해졌다.

그러자 루이샤의 목을 노리고 날아온 검이 루이샤의 몸을 지나쳐 허공을 갈랐다.

"뭣이?!"

갑작스러운 사태에 코지로도 당황을 금치 못했다.

방어식 7형태, 카게로우. 주위에 고농도의 기를 퍼트려 상대가 자신의 위치를 오인하게 만드는 기술이다. 즉 코지로가 벤 것은 루이샤가 만들어낸 잔상. 루이샤의 실체는 바로 밑에 웅크려 앉아 공격을 회피했다.

현재 코지로는 공격에 실패했다. 즉, 빈틈투성이였다. 두 번 다시 없을 천재일우의 기회를 루이샤는 놓치지 않았다.

"차원참!"

루이샤가 검으로 사용할 수 있는 기술 중 최고의 위력을 자랑하는 차원참을 날렸다. 동작이 커서 맞히기 힘든 기술이었지만 위력은 뛰어나다.

맞기만 하면 치명상은 보장된 것이나 다름없는 일격. 하지만 어째서인지 코지로는 전혀 당황하지 않았다.

"엄청난 기술이군……. 맞았을 때의 이야기지만."

그렇게 중얼거린 순간, 코지로의 검이 불현듯 궤도를 바꾸었다.

"천람류 비검, 츠바메가에시."

코지로의 검이 마치 사냥감을 낚아채는 새처럼 급선회하여 루이샤의 어깨에 깊숙이 박혔다. 그리고 그대로 루이샤의 가슴과 배, 허리를 사선으로 베어버렸다.

"……커헉!"

루이샤의 몸에서 새빨간 피가 뿜어져 나와 코지로의 옷을 붉게 물들였다. 온 힘을 다해서 다리에 힘을 주었지만, 대량의 피가 흘러내려 힘이 들어가지 않았고, 루이샤는 결국 바닥에 쓰러져 버리고 말았다.

"크윽, 으으윽……!"

루이샤는 필사적으로 일어나려 했지만, 그 시도는 전부 허사로 돌아갔다. 코지로는 루이샤가 더 이상 전투를 속행할 수 없다고 판단하고 검을 집어넣었다.

"자책할 필요 없다. 내 필살의 기검술, 츠바메가에시를 한눈에 간파하는 것은 불가능하니까. 너는 충분히 잘 싸웠다."

기검술이란 기공을 이용한 검술을 일컫는다.

육체를 다루는 기공술과는 다르게 무기에 기를 흘려보내는 기술로, 기공술보다 습득이 쉬웠기에 기공술이 쇠퇴한 현대에는 가장 많이 활용되고 있었다.

방금 코지로가 사용한 기술의 이름은 츠바메가에시. 검 끝에 집중시킨 기를 단숨에 폭발시킴으로써 궤도를 바꾸고 급격한 가속력을 얻는 기술이다. 언뜻 보기에는 평범한 기술이지만 그 진가는 기습에 있었다. 전투에 익숙한 자일수록 당하기 쉬운, 굉장히 까다로운 기술이었다.

　"자, 그럼 마지막으로 왕자님의 숨이 끊어졌는지 확인해 두도록 할까. 살 가망은 없겠지만 만약이라는 게 있으니."

　코지로는 학생들이 있는 곳으로 걸어가기 시작했다. 이를 목격한 샤로와 볼프, 아이리스가 앞으로 나섰지만, 코지로는 전혀 개의치 않았다.

　"무익한 살생은 싫어하는 성격일세. 물러난다면 자네들을 해치진 않겠네."

　"그래서 친구가 죽는 꼴을 가만히 지켜보라고? 웃기지 마."

　샤로가 대담하게 받아쳤지만, 그녀의 목소리는 살짝 떨리고 있었다.

　"어쩔 수 없군. 따끔한 맛을 보여주는 수밖에⋯⋯."

　검을 뽑아 들고 유유히 걸어가는 코지로. 한편 루이샤는 피 웅덩이 한복판에 쓰러진 채로 그 모습을 지켜보고 있었다.

　"머, 멈춰⋯⋯."

　남은 힘을 쥐어짜 손을 뻗어봤지만 결국 그 손은 아무것도 붙잡지 못하고 바닥에 떨어졌다.

　과다 출혈로 의식이 흐려져 가는 가운데, 루이샤는 문득 과거의 기억을 떠올렸다.

◆ ◆ ◆

"알았느냐, 루이샤. 너는 언젠가 바깥 세계로 나가게 될 거다."

무한감옥 안에서 수행을 개시한 지 200년 정도가 흘러 루이샤도 제법 강해졌을 무렵, 불현듯 용왕 리오가 이런 말을 꺼냈다.

"응. 그런데 그게 왜?"

"너는 강해졌다. 네 실력이라면 바깥에서도 충분히 통하겠지."

"그, 그럴까? 에헤헤……."

리오가 칭찬해 주는 일은 좀처럼 없었기에 루이샤는 쑥스러워했다. 참고로 테스타롯사는 칭찬이 과한 편이었기에 가끔 혼나면 오히려 기쁠 정도였다. 이처럼 두 스승은 신기하리만치 대조적이었다.

"이 녀석, 건방 떨지 마라. 강해진 건 확실하지만 네게는 압도적으로 부족한 것이 있어."

"부족한 것?"

"그래. 네게 부족한 것. 그건 바로 각오다."

"각오……?"

이외의 발언에 루이샤는 고개를 갸웃했다.

"그런가? 각오는 충분히 한 거 같은데."

"단순히 싸우기만 할 뿐이라면 문제없겠지. 하지만 내가 말하는 건 '목숨이 걸린' 싸움이니라."

"목숨이 걸린 싸움……."

목숨을 걸고 싸운다. 그 말의 무게가 루이샤를 짓눌러 왔다.

강함을 추구하는 데만 몰두하며 살아왔던 루이샤는 확실히 누군가의 목숨을 빼앗는 생각을 해본 적이 없었다.

"굳이 목숨까지 걸 필요는 없지 않을까? 대화로 잘 해결될 수도 있잖아."

당황하며 그렇게 말하는 루이샤의 어깨에 리오가 상냥하게 손을 얹었다.

"네 성격이라면 그렇게 말하겠지. 그 상냥함이 네 강함이기도 하고."

"리오……."

"하지만 세상 모든 사람에게 대화가 통할 거라고는 생각하지 마라. 대화만으로 모든 문제가 해결될 수 있다면 다툼 따위는 애초에 생겨나지도 않았겠지."

리오가 진지한 얼굴로 말했다.

분명 리오는 괴로운 싸움을 몇 번이고 경험해 왔던 것이리라.

"바깥으로 나가면 네게도 언젠가 상대방과 목숨을 걸고 싸울 날이 올 거다. 양심의 가책이 없는 극악무도한 인간일 수도 있고, 불가피한 사정으로 인해 싸워야만 하는 자일 수도 있겠지. 이러한 자들은 상대방을 죽일 각오가 되어있느니라. 반대로 상냥한 너는 상대방의 목숨을 빼앗는 데 주저하고 말겠지. 하지만 망설이면 안 돼. 한순간의 망설임으로 소중한 것을 잃어버릴 수 있느니라."

리오도 싸움에서 누군가를 잃은 적이 있어? 라는 질문이 턱 끝까지 올라왔지만, 루이샤는 그 말을 목구멍 깊숙이 삼켰다. 그리움에 젖은 리오의 눈동자를 통해서 그녀가 얼마나 많은 것을 잃어왔는지 느껴졌기 때문이다.

"알았어, 리오. 잘 될지는 모르겠지만…… 노력해 볼게."

"음, 잘 생각했다. 언젠가 그때가 오면 내 말을 떠올려라."

리오는 그렇게 말하며 루이샤의 머리를 부드럽게 쓰다듬어 주었다. 언젠가 찾아올 그 날까지만이라도 루이샤가 평온하게 지내길 소망하면서…….

◆ ◆ ◆

"……미안. 이제야 떠올랐어."

그날 리오가 했던 말이 루이샤의 머릿속에 서서히 녹아들었다.

그리고 루이샤는 지금이야말로 목숨을 걸고 싸울 때임을 뚜렷하게 이해했다.

"하아…… 하아……."

루이샤는 가쁜 숨을 내쉬면서 이를 악물고 일어났다. 여전히 날카로운 고통이 전신을 엄습해 오고 있었지만, 엄살을 부릴 여유는 없었다.

천천히, 하지만 확실하게 몸을 일으키는 루이샤. 그러자 기척을 느낀 코지로가 고개를 돌렸다.

"그 상처로 일어설 줄이야……. 하지만 다리에 힘이 없군. 그런 상태로 나와 싸울 생각인가?"

코지로는 만신창이 상태로 일어선 루이샤를 보고 살짝 놀랐지만, 곧 평정심을 되찾았다. 코지로의 말대로 루이샤는 서 있는 것이 고작인 듯 보였다. 다만 루이샤의 눈빛은 살아있었다. 아니, 쓰러지기 전보다도 강하게 빛나고 있었다. 리오의 충고가 루이샤에게 힘을 불어넣어 준 것이다.

코지로는 그 모습을 보면서 처음으로 루이샤를 적이라 인식했다. 자신의 상대는 어린애가 아니라 한 명의 전사라고.

"어린애 취급을 한 점 사과하지. 너를 목표 달성의 장애물로 보고…… 제거하겠다."

코지로가 어깨높이에서 검을 거머쥐었다. 방어를 버리고 공격에 특화된 자세였다.

"그 목숨, 받아 가마!"

맹렬한 속도로 접근해 온 코지로가 루이샤의 정수리를 향해 검을 내리쳤다. 인간의 몸 정도는 간단히 두 쪽을 내버리는 지고의 일격. 하지만 코지로의 공격이 닿기 직전, 루이샤는 몸을 아주 살짝 비틀어 회피했다.

"뭣이?!"

루이샤의 유려한 움직임에 코지로는 경악했다. 그건 코지로의 보법이었기 때문이다. 물론 코지로만큼 숙달되지는 않았지만, 실전에서도 통할 만큼의 완성도를 갖추고 있었다.

코지로의 공격을 최소한의 움직임으로 회피한 루이샤는 텅 비어버린 코지로의 몸통에 정권 찌르기를 날렸다. 기공술로 인해 강철보다 단단해진 루이샤의 주먹이 코지로의 배에 꽂히자 내장 전체로 충격이 퍼져나갔다.

"으윽……!"

내장이 들썩이며 강렬한 통증과 불쾌감이 찾아왔다. 이 공격을 여러 차례 허용하면 위험하겠다고 판단한 코지로는 버티지 못하고 뒤로 후퇴해 거리를 벌렸다.

'공격의 질이 달라졌어! 아까와는 예리함이 비교가 안 돼!'

지금까지의 루이샤의 공격은 위력만 높을 뿐, 생명의 위기를 느끼지는 않았다. 하지만 코지로는 지금 일격으로 죽음을 의식하고 말았다.

어떻게 갑자기 이만큼이나 바뀐 것일까. 코지로는 몰라보게 바뀐 눈앞의 소년에 대해서 생각하려 했지만, 루이샤는 그럴 틈조차 주지 않았다.

"……공격식 3형태, 시라누이."

후퇴하는 코지로를 바짝 붙어서 쫓아온 루이샤는, 상대방의 오른쪽 다리를 향해 화염을 두른 강렬한 발차기를 날렸다. 허를 찔려 방어가 늦어진 코지로는 그 일격을 정통으로 맞고 말았다.

결국 코지로의 다리가 빨갛게 부어올랐다. 움직임이 둔해진 코지로는 단숨에 궁지로 내몰렸다.

"이, 이 자식!"

"고맙습니다, 코지로 씨. 당신 덕분에 싸움에 대한 두려움과 직면할 수 있었어요. 진정한 각오란 무엇인가를 깨우치게 되었어요."

루이샤에게 모자랐던 각오. 그것은 자신의 목숨도 불사하는 각오가 아니라, 상대방을 다치게 할 각오였다. 이러한 각오가 없었던 루이샤는 상대방이 죽지 않도록 무의식중에 공격을 주저했다.

하지만 이런 식으로는 소중한 것을 지킬 수 없었다. 루이샤가 그 사실을 깨달은 순간, 주먹에서 망설임이 사라지며 지금까지 없던 '예리함'이 살아나기 시작했다.

"당신 덕분에 손에 넣을 수 있었습니다. 지키기 위한 의지를, 구해내기 위한 비정함을. 당신에게 받은 힘으로 당신을 뛰어넘겠어요!"

루이샤는 두 손으로 용왕검을 단단히 움켜쥐고 매섭게 코지로를 베어 들어갔다. 살의가 담긴 루이샤의 공격은 목과 같은 코지로의 급소를 집요하게 노려 왔다. 숙련된 검사인 코지로도 식은 땀을 흘릴 정도의 무시무시한 공격이었다.

"크윽! 까불지 마라!"

코지로는 갚아주겠다는 듯이 참격을 퍼부었지만, 루이샤는 이를 전부 간파하고 피해버렸다. 착각이 아니었다. 루이샤는 강해졌다. 아니, 너무 강했다. 아무리 심경의 변화가 있었다지만 인간이 단기간에 이토록 강해지는 것은 불가능했다.

위화감을 느낀 코지로는 루이샤를 주의 깊게 관찰했다. 그리고 한 가지 이상한 점을 발견했다.

"대, 대체 뭐냐, 그 붉은 눈은!"

코지로가 가리킨 것은 루이샤의 오른쪽 눈. 원래는 갈색이었던 루이샤의 오른쪽 눈이 어느샌가 루비처럼 붉은색으로 변해 있었다. 색깔뿐만 아니라 눈동자의 형태도 달랐다. 동공이 마치 파충류처럼 세로로 길게 찢어져 있었다.

풍부한 경험을 가진 코지로도 이런 눈을 가진 인간을 보는 것은 처음이었다. 코지로는 자신의 다리가 떨리고 있다는 사실을 알아챘다. 루이샤의 아름답고도 이질적인 눈동자에 본능적으로 두려움을 느낀 것이다.

한편 루이샤는 소중한 것을 어루만지듯 자신의 눈동자에 손을 포갰다. 그리고 자신의 작달막한 스승을 떠올리며 중얼거렸다.

"그렇구나. 힘을 빌려줘서 고마워."

◆　◆　◆

평소처럼 리오와 수행을 하고 있던 루이샤는 잠깐의 휴식 시간을 맞아 대련하면서 느꼈던 의문점을 물어보았다.

"있잖아, 리오. 리오는 상대방의 움직임을 읽을 수 있는 거야? 대련할 때 보니까 나보다 한발 앞서 행동하던데."

"호오, 그걸 알아채다니. 성장했구나, 루이. 슬슬 괜찮겠지. 특별히 가르쳐 주마!"

리오는 기뻤는지 꼬리를 붕붕 휘두르며 설명을 시작했다.

"용족 중에서도 전투에 특화된 자들은 '용안'이라는 특수한 눈을 가지고 있느니라."

"용안? 마안이 아니라?"

"그래. 마력을 가시화하는 마안과는 달리, 용안은 생명력과 기공을 가시화할 수 있지. 이 넓은 세상에서 이렇게 엄청난 능력을 지닌 종족은 용족뿐이니라."

엣헴. 하고 리오는 자부심에 찬 목소리로 용안에 관해서 설명했다.

하지만 루이샤는 용안의 능력이 어째서 그렇게 엄청나다는 것인지 잘 이해가 되지 않았다.

"왜 그러느냐. 반응이 미지근한걸."

"아, 응. 미안. 어디에 도움이 되는지 감이 잡히질 않아서."

"카캇. 하긴, 실제로 용안을 써보지 않으면 그 대단함을 모를 만도 하지."

리오는 그렇게 말하며 용안의 대단함을 루이샤에게 피력해 나갔다.

"용안을 얻은 자는 상대방의 기의 흐름과 근육의 움직임을 볼 수가 있느니라. 즉, 상대가 어떻게 움직일지를 예측할 수 있다는 말이지. 주먹에 힘을 주었다는 사실을 알면 다음에 상대가 주먹을 휘두를 것이라는 사실을 알 수 있고, 상대가 발차기할 것처럼 보여도 다리에 힘이 들어가 있지 않으면 그 공격이 페인트라는 사실을 간파해낼 수 있지."

"굉장하다! 그러면 상대방의 공격을 전부 회피하는 것도 가능하겠네!"

"카캇. 그렇고말고."

루이샤가 눈을 반짝이며 용안을 추켜세우자 리오는 납작한 가슴을 펴고 자랑스러워했다.

반면 루이샤는 한 가지 사실을 깨닫고 기죽은 목소리로 말했다.

"하지만 결국 용안은 용족만이 쓸 수 없는 거잖아……? 나도 써 보고 싶다."

그렇게 아쉬워하고 있자니, 리오는 루이샤의 어깨에 팔을 두르며 위로의 말을 건넸다.

"카캇! 안심하거라. 너한테도 기회가 올 테니까."

"어? 정말로?"

화들짝 놀라는 루이샤에게 리오는 "당연하지" 하고 친절하게 설명해 주었다.

"네게는 오랜 기간에 걸쳐서 내 피를 흘려 넣어 왔느니라. 그 피가 정착되면 용족만이 사용 가능한 기공인 '용공'을 사용할 수 있게 되지. 그러면 결국 언젠가는 용안을 발현할 날이 올 거다."

"나, 나한테 용족의 힘이?! 우와!"

용의 힘을 얻을 수 있다는, 소년이라면 누구나 가슴이 두근거릴 전개에 루이샤는 흥분을 감추지 못했다.

리오도 그 모습을 보면서 흡족하게 고개를 끄덕였다.

"하지만 용족의 힘은 간단히 발현되지 않아. 네가 생명의 위기를 느끼거나, 진정으로 싸우고자 하는 의지를 각성했을 때만 발현되지. 마음 같아서는 내가 직접 발현시켜 주고 싶다만, 너를 죽음의 위기로 몰아넣는 짓을 할 수는 없으니 나로서는 무리다."

리오는 쑥스러워하며 콧잔등을 긁적였다.

"리오⋯⋯."

"어, 어쨌든! 네 몸에는 우리 용족의 피가 흐르고 있느니라! 그러니 만약 바깥에 나가더라도 안심하거라. 용족의 힘이 반드시 너를 도와줄 테니까."

리오는 그렇게 말하며 루이샤를 향해 활짝 웃어 보였다.

◆ ◆ ◆

"고마워, 리오. 이게 바로 리오가 보았던 풍경이구나."

용안에 대한 기억을 떠올린 루이샤는 진화를 이룩한 오른쪽 눈으로 세상을 둘러보았다. 기력과 생명력으로 가득 찬 세상은 무척이나 아름다웠다. 무심코 넋을 놓고 바라보게 될 것만 같았다.

이 힘을 사용하면 자그마한 벌레의 존재마저 느낄 수가 있었다. 커다란 기를 지닌 눈앞의 상대는 말할 것도 없었다. 코지로가 어떤 타이밍에 호흡하고, 어디를 보고 있으며, 다음에는 어떤 공격을 해 올지까지 손에 잡힐 듯 보였다.

한편 루이샤의 눈과 마주한 코지로는 마치 뱀 앞의 개구리가 된 듯한 중압감을 느꼈다. 다리가 무거워지고, 등줄기가 얼어붙었다.

하지만 검장으로서의 자존심이 물러나는 것을 용납하지 않았다.

검을 바로잡은 코지로는 포효와 함께 돌진을 감행했다. 그리고 속임수를 섞어가며 루이샤를 베어 들어갔다.

비검, 야에노하바키리.

코지로의 검에서 순식간에 여덟 번의 참격이 뿜어져 나왔다. 어찌나 빠른지 검이 여덟 개로 늘어난 것처럼 보일 정도였다. 아까의 루이샤라면 간파해 낼 수 없었을 것이다.

'이거하고, 이거, 이거는 페인트. 이거는 뒤로 물러나서 피하고, 이건 받아넘기고, 이거랑 이거는 피하고, 이건 쳐내자.'

용안을 개안한 루이샤는 코지로의 비검을 손쉽게 돌파해 냈다. 그리고 단숨에 품속으로 파고들어 용왕검을 휘둘렀다.

"……아차!"

한 치의 망설임도 없이 그어진 일섬이 검을 움켜쥔 코지로의 손목을 가로질렀다. 코지로는 전신에 기공을 둘러 방어력을 끌어올렸지만, 용안을 각성한 루이샤는 용족의 힘으로 신체 능력이 크게 강화된 상태였다.

"크아아악!"

코지로는 불로 지지는 듯한 고통을 느끼며 비명을 내질렀다.

코지로의 오른쪽 손목은 깔끔하게 절단되어 있었다. 절단면에서 흘러내리는 대량의 피가 코지로의 체력을 무자비하게 앗아갔다.

잘려 나간 코지로의 오른손이 바닥을 뒹굴었다. 그 손에는 여전히 검이 쥐어져 있었다. 루이샤는 코지로가 다시 무기를 잡지 못하도록 그의 검을 걷어차 멀리 날려버렸다.

"이, 이 자식……!"

"이제 무기는 사용할 수 없습니다. 그래도 계속하시겠어요?"

"얕보지 마라! 나는 수많은 사지를 헤치고 살아남아 이곳에 있다. 죽음의 위기 따위 몇 번이고 뛰어넘어 왔다! 진흙탕을 뒹굴고 피투성이가 되더라도 반드시 이기겠다!"

귀기 서린 표정으로 외친 코지로는 자신의 오른팔에 힘을 주었다. 그러자 근육이 팽창하더니 혈관을 압박해 지혈됐다. 그가 인간의 영역을 초월한 자임을 재확인시켜 주는 순간이었다.

"검을 쓰지 못하게 만든 정도로 이겼다고 착각하지 마라. 내게도 질 수 없는 이유가 있단 말이다!"

"질 수 없는 이유라면 제게도 있어요! 친구도, 동료도, 소중한 사람들까지도 전부 지켜내 보일 겁니다!"

"세상은 네 고집대로 굴러가지 않아!"

"그래서 더 강해졌습니다!"

두 사람이 동시에 땅을 박찼다. 양쪽 모두 체력은 한계에 달한 상태였다. 이미 근성으로 서 있는 것이나 마찬가지였다. 하지만 두 사람은 소중한 것을 지키기 위해 한계를 뛰어넘어 격돌했다.

"폴 팜소드!"

코지로는 마법을 사용하여 오른팔에 푸른색의 빛나는 검을 출현시켰다. 피가 멎었다고는 해도 오른팔의 고통은 아직 상당할 터였다. 하지만 코지로는 있는 힘껏 검을 휘둘러 루이샤를 공격해 나갔다.

'팔이 떨어져 나가고도 이 정도로 움직이다니, 엄청난 집념이야……! 하지만 내게도 질 수 없는 이유가 있어!'

양보할 수 없는 것을 내건 두 사람은 목숨을 깎아가며 격렬하게 검을 부딪쳐 나갔다. 시간상으로는 고작 몇 분에 불과했지만, 그 몇 분은 어떠한 순간보다도 농밀하고 장렬했다.

검을 휘두르는 자세나, 발을 움직이는 방식 등을 통해서 눈앞의 사내가 얼마나 노력해 왔는지를 알 수 있었다. 귀기 서린 표정에서는 그의 인생을 읽을 수가 있었다. 두 사람은 고작 몇 분의 전투로 몇 시간, 아니, 몇십 년분의 대화를 나눈 것처럼 서로를 이해하게 되었다.

"하아…… 하아…….."

"허억, 허억…….."

반면에 두 사람의 체력은 빠른 속도로 소모되어 갔다. 하지만 아직, 아직 꺾일 수는 없었다. 두 사람은 사전에 합의라도 한 것처럼 똑같은 타이밍에 최후의 기술을 준비했다.

"용공술 공격식 1형태, 용성권!"

먼저 기술을 발동시킨 것은 루이샤였다. 용족만이 사용할 수 있는 '용공'을 주먹에 실은 루이샤는 마지막 힘을 쥐어짜 앞으로 달려갔다.

용공이 실린 주먹이 빛을 발했다. 빛의 궤적을 남기며 빠른 속도로 질주하는 그 모습은 그야말로 유성과도 같았다.

한편 코지로도 조금 늦게 기술의 발동 준비를 마쳤다. 코지로는 체내의 모든 마력을 왼손에 집중시킨 뒤, 품속에서 꺼낸 단도에 그 마력을 흘려 넣었다. 마법 훈련도 게을리하지 않은 코지로의 마법 수준은 상당한 편이었다. 그런 그가 모든 마력을 단도에 쏟아부은 것이다. 이윽고 코지로의 단도는 푸른색으로 빛나기 시작했다.

"제너럴 라지 소드!"

코지로는 그렇게 외치며 단도를 높이 치켜들었다. 그러자 머리 위로 푸른 빛을 발하는 거대한 검이 출현했다. 길이가 20m에 달하는 그 검은 단도의 움직임에 따라 함께 움직였다.

"이것이 내 비장의 기술. 과연 이걸 받아낼 수 있을까!"

코지로가 루이샤를 향해 있는 힘껏 단도를 내질렀다. 그러자 거대한 마법의 검도 단도를 따라 전방으로 내질러졌다.

"이게 바로 장군의 문장을 지닌 인간만이 사용할 수 있다는 제너럴급 마법……! 엄청난 마력이야. 하지만 이걸 돌파하지 못하면 왕의 문장을 지닌 자를 이기는 건 불가능해. 그러니 절대로 질 수 없어!"

루이샤는 달아나지 않고 눈앞의 거대한 검을 향해 일직선으로 달려갔다. 남들의 눈에는 자포자기한 것처럼 보일지도 몰랐다. 하지만 루이샤는 믿고 있었다. 필사적으로 단련해 온 자신의 육체를, 존경하는 스승에게 받은 기술을.

"우오오오오오오!"

우렁찬 포효와 함께 루이샤의 주먹이 코지로의 마법과 격돌했다. 다행히 주먹은 튕겨나지 않았다. 푸른 검을 막아낸 것이다. 하지만 푸른 검은 여전히 루이샤를 두 동강 내버리기 위해 주먹을 밀어붙이고 있었다.

"윽, 으그극……!"

두 기술은 좀처럼 결판이 나지 않고 교착 상태에 빠져들었다. 그러나 코지로는 승리를 확신했다.

'상처는 내 쪽이 깊지만, 남은 체력은 저쪽이 더 적다. 이대로 교착 상태가 지속되면 녀석이 먼저 쓰러질 터……!'

하지만 소년은 꺾이지 않았다.

"아직 멀었어……!"

루이샤는 자세를 낮추고 두 발을 바닥에 단단히 지탱했다. 그리고 몸의 모든 부위를 활용하여 팔에 힘을 보냈다. 무한감옥에서 리오에게 수도 없이 배웠던 동작이었다.

"절대로 지지 않겠어……. 이 몸은 최강의 스승님들이 단련시켜 준 몸이야……. 그러니 이기지 못할 리가 없어!"

'강함의 원천은 기초에 있다'라는 것이 리오의 말버릇이었다. 루이샤는 그 말을 굳게 믿고 무한감옥에서 나온 뒤로도 육체 단련을 거르지 않았다. 현재는 기공과 마력으로 근력을 강화할 수 있게 되었지만, 괴로운 단련의 나날로부터 도망치지 않았다.

이러한 루이샤의 노력은 연약했던 소년의 육체를 그 누구에게도 지지 않을 전사의 육체로 탈바꿈시켜 주었다.

한편 코지로는 힘이 빠질 기미가 없는 루이샤의 모습에 초조함을 느꼈다. 어떻게든 밀어내고자 단도를 든 팔에 힘을 실었지만, 주먹과 맞닿아 있는 마법 검은 꼼짝도 하지 않았다.

아니, 오히려 코지로가 조금씩 뒤로 밀려나고 있었다.

"내 마법이 힘에서 밀린다고? 저 자그만 몸에 대체 얼마나 많은 힘이 잠들어 있길래!"

추측이 어긋나자 당황하는 코지로. 반면 루이샤는 대단히 침착한 상태였다.

"다리에 힘을 주고…… 허리를 낮추면…….”

체력은 이미 한계였지만 그래도 루이샤는 포기하지 않았다. 두 눈동자는 뜨겁게 타오르고 있었으며, 전신에서는 투기가 흘러넘쳤다. 그런 루이샤의 모습을 본 코지로는 진검승부 도중임에도 불구하고 자기도 모르게 미소를 짓고 말았다.

"정말로, 정말로 대단한 소년이야. 나도 너처럼 강했더라면 이런 짓을 저지르지 않았을지도 모르겠군.”

코지로가 혼잣말처럼 중얼거렸다. 그리고 그 순간에 생겨난 약간의, 아주 약간의 빈틈을 루이샤는 놓치지 않았다. 전신에 남아 있는 용공을 전부 긁어모아 주먹에 쏟아부었다.

"가라아아아아아아아아앗!"

주먹에 응축된 빛이 한층 더 거세게 타올랐고, 루이샤는 그 주먹을 내질러 코지로가 만들어낸 거대한 검을 분쇄해 버렸다.

쩌적, 쩌적, 쩌저적! 검을 부수며 나아간 루이샤는 단숨에 코지로 앞에 도달해 그의 복부에 주먹을 꽂아 넣었다.

"훌륭하다……."

루이샤의 주먹에 가격당한 코지로는 한참을 날아가다가 바닥에 떨어져 의식을 잃었다.

"하아, 하아. 이긴…… 건가."

코지로가 쓰러졌음을 확인한 루이샤는 긴장의 실이 끊어져 털썩 주저앉았다.

그러자 용안은 역할을 마쳤다는 듯이 원래의 갈색 눈동자로 되돌아갔다.

"고마워, 리오."

작은 목소리로 감사의 말을 내뱉은 루이샤는 Z반 학생들을 향해 엄지를 치켜세워 승리를 선언했다.

"으, 으으……."

코지로는 고통으로 신음하며 눈을 떴다.

전신이 비명을 질렀다. 그만큼 화려하게 당했으니 무리도 아니었다. 특히나 절단된 오른팔이 고통스럽……지 않았다.

이상하게 여긴 코지로는 무거운 눈꺼풀을 천천히 들어 올렸다.

그러자 그의 눈앞에는 놀라운 광경이 펼쳐졌다.

"로나! 다시 한번 회복 마법을 부탁해!"

"네, 네! 힘낼게요!"

"루이샤 님, 상처의 지혈이 전부 끝났어요."

"대장! 나도 뭔가 할 수 있는 게 없을까?"

Z반의 학생들이 온 힘을 다해서 자신을 치료해 주고 있었다.

심지어 다들 자발적으로, 적극적으로 치료에 임하고 있었다.

"윽, 으윽……."

"아! 의식이 돌아왔군요!"

코지로가 정신을 차리자 가장 가까이서 그를 치료하고 있던 루이샤가 외쳤다. 루이샤는 코지로의 떨어져 나간 오른손의 치료를 담당하고 있었다.

"눈을 뜨시자마자 죄송하지만, 지금부터 오른손의 치료를 시작할게요. 조금 아프더라도 참아 주세요!"

"뭐?"

상황을 따라가지 못하는 코지로를 내버려 둔 채, 루이샤는 코지로의 오른손을 절단면에 가져다 댔다.

"로나, 부탁해!"

"아, 네! 하이 힐!"

로나가 마법을 영창하자 그녀가 움켜쥔 목제 지팡이에서 녹색의 빛이 뿜어져 나와 코지로의 손목을 감쌌다. 그러자 놀랍게도 완전히 절단되어 있던 손목이 서서히 붙기 시작했다.

"이, 이건……."

코지로는 이 회복 마법의 효과에 말문이 막히고 말았다. 아무리 실력이 좋은 회복 마법사라도 절단된 부위를 이어붙이는 것은 결코 쉬운 일이 아니었다. 보통은 회복약까지 동원해 가며 오랜 시간에 걸쳐 매진해야 하는 작업이다. 그런데 눈앞의 소녀는 이 짧은 시간에 마법만으로 절단면을 이어붙이는 데 성공했다.

이 초월적인 회복 능력이야말로 로나 화이트벨의 능력이었다. 로나는 공격 마법의 재능이 바닥인 대신, 대단히 높은 수준의 회복 마법을 구사할 수가 있었다. 이는 루이샤도 가르침을 구해야 할 수준이었다.

코지로가 로나의 능력에 놀라 그녀를 빤히 쳐다보고 있자니, 로나는 밝은 미소를 지으며 코지로에게 물었다.

"앗, 아프셨나요? 죄송해요. 금방 치료해 드릴 테니 조금만 참으세요."

태양처럼 상냥하고도 눈부신 그 미소는 코지로에게 남아있던 살의와 적의를 완전히 불식시켜 버렸다.

완패다. 마음속으로 패배를 인정한 코지로는 이후 묵묵히 로나의 치료를 받았다.

"음…… 됐다! 이제 붙었을 거예요. 움직여 보세요!"

로나의 말대로 오른손에 힘을 주자, 약간 무디기는 하지만 코지로의 생각대로 손가락이 움직였다. 감촉도 제대로 느껴지는 걸 봐서 신경도 이어진 모양이었다. 회복 마법의 뛰어난 성능에 코지로는 다시 한번 감탄했다.

"은혜를 입었군. 설마 원래대로 돌아올 줄은 생각지도 못했어……."

"에헤헤, 천만에요."

천진난만하게 웃는 로나를 보면서 어렴풋이 미소 지은 코지로는 다시 루이샤를 향해 고개를 돌렸다. 그곳에 있는 것은 방금까지 싸웠던 전사의 얼굴이 아닌, 지금까지 봐왔던 상냥한 소년의 얼굴이었다.

"어째서…… 어째서 나를 구한 거지. 나는 네게서 각오한 자들만이 발할 수 있는 진짜 살기를 느꼈다."

"묻고 싶은 건 제 쪽이에요, 코지로 씨. 당신은 마지막 공격에서 힘을 뺐지요. 마치 패배를 바라는 것처럼 보였어요."

"……들킨 건가. 나도 아직 멀었군. 철저히 비정해질 생각이었지만, 어린애를 상대로는 아무래도 마음이 약해진단 말이지."

코지로가 자조하듯 웃으며 말했다.

"내가 졌다. 모든 것을 이야기하마. 하지만 그 전에 왕자님을 치료소로 데려가는 편이 좋을 거다. 살아날 가망은 없다고 보지만……."

"후후. 그거라면 걱정하실 필요 없습니다, 코지로 씨."

익숙한 목소리에 놀라 고개를 돌린 코지로는 팔팔하게 살아있는 유리를 발견했다. 어깨에서 허리까지 사선으로 베어 버렸건만, 유리의 몸은 상처 한 점 없이 멀쩡했다.

"사, 살아계셨던 겁니까?!"

"네. 이게 없었다면 이미 죽은 목숨이었겠지만요."

유리가 그렇게 말하며 꺼내 든 것은 둘로 쪼개진 은색의 메달이었다. 여차할 때를 위해서 루이샤에게 받은 물건이었다.

"이건 마도구인 분신 메달이에요. 한 번뿐이긴 하지만 공격을 대신 받아주는 희귀한 마도구죠. 이게 저 대신 피해를 흡수해 무사할 수 있었어요. 뭐, 피해를 완전히 흡수하지는 못해서 큰 충격을 받고 말았지만요."

하지만 그 충격으로 의식을 잃고 쓰러진 덕분에 코지로의 눈을 속일 수가 있었다. 만약 참격을 완전히 무력화했다면 이어진 두 번째 공격에 살해당하고 말았을 것이다.

유리가 무사한 모습을 본 코지로는 바닥에 손을 짚고 머리를 숙였다.

"이런 말을 할 자격이 없다는 것은 알고 있습니다. 하지만 다행입니다……. 살아있어서 정말 다행입니다……. 드릴 말씀이 없습니다……."

코지로는 바닥에 엎드린 채로 몇 번이고, 몇 번이고 사과와 안도의 말을 반복했다. 그 모습에 한마디 쏘아붙이려던 이부키도 말을 삼킬 수밖에 없었다.

"하아, 이렇게까지 반성하는 모습을 보이니 아무 말도 하지 못하겠슴다. 하지만 처벌을 면할 생각은 마십쇼. 아무리 경상이라고는 해도 왕자님에게 손을 댄 것은 사실이니까요. 그 죄는 가볍지 않슾다."

"……알고 있네. 내가 저지른 짓은 중죄. 참수형을 당해도 할 말이 없지. ……다만, 다만 한 가지 들어줬으면 하는 이야기가 있다."

"들어줬으면 하는 이야기?"

"그래. 실은…… 크윽!"

무언가를 말하려던 코지로가 불현듯 배를 움켜쥐며 괴로워했다. 웬만한 고통에는 끄떡도 하지 않는 그가 얼굴에 식은땀을 흘리는 것으로 보아 얼마나 심각한 상태인지를 짐작하게 했다.

"크큭, 역시…… 말할 수 없는 건가. 정말로 멍청한 선택을 하고 말았어……."

"갑자기 왜 그러시죠, 코지로 씨?!"

"미안하게 됐군. 기껏 치료해 줬건만 난 여기까지인 모양이다."

상처라면 로나의 회복 마법으로 전부 치료가 됐을 터였다. 그러나 코지로는 온몸에서 식은땀을 흘리면서 고통에 몸부림쳤다. 예삿일이 아님을 느낀 루이샤는 급히 코지로를 눕히고 이변의 원인을 찾았다.

"대체 뭐 때문에…… 이런, 몸이 불덩이 같아!"

코지로의 피부에 손을 댄 루이샤는 엄청난 열기에 놀라 손을 떼어냈다. 루이샤도 화들짝 놀랐을 코지로의 몸은 뜨거웠다. 아무리 강인한 육체를 지닌 코지로라 해도 이만한 고열이 계속 이어진다면 오래 버티지 못할 것이다.

"어째서 느닷없이 고열이……?! 로나, 어떻게 안 될까?!"

"어, 응! 해볼게!"

로나는 바닥에 누워있는 코지로 옆에 웅크려 앉아 그의 가슴에 손을 얹었다.

"하이 큐어!"

이번에는 로나의 손에서 노란색의 빛이 뿜어져 나와 코지로의 몸속으로 녹아들었다. 체력을 회복시켜 주는 힐과 달리 이 마법에는 상태 이상을 치료해 주는 효과가 있었다. 회복 마법에 특화된 로나가 사용하면 고열도 금세 가라앉았다.

아니, 가라앉았어야 했다.

"어라?! 열을 내려도 내려도 계속해서 다시 뜨거워져! 어째서?!"

처음 보는 현상에 당황하는 로나. 마력을 쥐어짜 몇 번이고, 몇 번이고 마법을 중복해서 걸었지만 계란으로 바위 치기였다. 그러는 사이 코지로가 여전히 뜨겁기만 한 몸을 일으켜 로나의 손을 떼어냈다.

"……고맙다. 덕분에 조금 편해졌어. 나는 괜찮아."

"그, 그래도……."

로나가 걱정스러운 표정으로 울먹이자 코지로는 부드럽게 미소 지으며 고개를 가로저었다. 그 죽음을 받아들인 듯한 얼굴에 로나는 차마 아무런 말도 꺼낼 수가 없었다.

"갑자기 쓰러져서 미안하다. 내가 쓰러진 것은 이것 때문이야."

코지로는 루이샤가 볼 수 있도록 자신의 옷을 걷어 배를 보였다. 코지로의 배에는 낯익은 사슬 모양의 문장이 붉은빛을 발하고 있었다.

"이건 노예의 문장이잖아요! 어째서 코지로 씨한테 이 문장이?!"

노예의 문장이란 절대복종의 계약을 맺었다는 증거였다. 노예의 문장이 새겨진 자는 이를 새긴 주인의 명령에 무조건 따라야 한다. 만약 이 계약을 어기거나 임무에 실패한다면 문장은 이를 감지하고 벌을 내린다.

벌의 종류는 가벼운 것부터 무거운 것까지 다양했고, 개중에는 목숨을 빼앗는 것도 존재했다. 코지로의 경우에는 죽을 때까지 체온을 상승시키는 대단히 무거운 벌이었다.

루이샤는 이 노예의 문장을 어떻게 할 수 없을까 하고 유심히 관찰했다. 그러다 한 가지 사실을 발견했다.

"이거, 평범한 노예의 문장이 아니네요. 일반적인 문장에 비해 술식이 조잡해요. 과정을 몇 개 뛰어넘은 흔적이 보여요."

"그래…… 용케 알아챘구나. 네 말대로다. 이건…… 불법으로 새겨진 문장이다."

원래 노예의 문장은 주종 사이에 신뢰 관계가 없으면 새길 수가 없었다. 하지만 특정한 방법으로 이 전제를 무시하는 것이 가능했다.

이렇게 불법적으로 노예의 문장을 새기는 행위는 왕국법으로 엄격히 금지되어 있었다. 하지만 아직 일부 권력자들 사이에서는 암암리에 이용되고 있다고 전해진다.

"왕자의 암살에 실패한 내가 죽는 것은…… 시간 문제겠지.

하지만 그 전에 설명해 두고 싶다……. 내게 무슨 일이 있었는
지를."

코지로는 찡그린 얼굴로 고통을 참아가며 이야기를 시작했다.

코지로에게는 이제 일곱 살이 되는 외동딸이 있다는 모양이었
다. 어머니는 수년 전에 병으로 타계했고, 아버지인 코지로와 둘
이서 각지를 여행하며 지내왔다고 한다.

하지만 1년 전, 딸은 어머니가 앓았던 의문의 병에 걸리고 말았
다. 코지로는 고열에 시달려 나날이 쇠약해져 가던 딸을 구하기
위해서 수많은 의사와 회복술사를 찾아갔지만 아무도 딸을 고쳐
주지 못했다.

그렇게 방법을 찾지 못하고 망연자실하던 코지로의 눈앞에 2
인조의 수상한 남자가 모습을 드러냈다. 그들은 굉장히 희귀한
마도구를 가지고 있었는데, 비록 병을 치료해 주지는 못해도 열
을 내려 체력을 회복시키는 마도구였다.

2인조는 그것을 빌려주는 대신 자신의 수족이 되어 일해달라
고 요구해 왔다. 코지로는 마지못해 그 제안을 수락해야 했다.

처음에는 몬스터 퇴치와 같은 간단한 의뢰였다. 하지만 2인조
의 요구는 점점 더 과격해졌고, 어느샌가 범죄에 가까운 행위에
도 손을 뻗었다. 그리고 마침내는 왕자 암살이라는 최악의 명령
까지 내려지고 말았다.

"내가 저지른 죄의 무게는 알고 있네. 나는 어찌 되어도 좋아.
……하지만, 하지만 딸아이의 목숨만큼은 구해줄 수 없겠나?"

코지로는 떨리는 손으로 루이자의 손을 붙잡으며 애원했다. 그의 눈에서는 뜨거운 눈물이 멈출 줄 모르고 흘러내렸다. 지금까지 줄곧 혼자서 끌어안아 왔던 분노가, 슬픔이 터져 나온 것이다.

"부탁한다⋯⋯. 그 애에게는 죄가 없어. 그러니 제발⋯⋯ 제발⋯⋯."

코지로의 손을 꼭 마주 잡은 루이샤는 눈을 지그시 감았다가 떴다. 그렇게 다시 뜨인 루이샤의 눈에는 강한 각오가 깃들어 있었다.

"들었지, 애들아. 힘을 빌려드리자."

루이샤의 말을 들은 Z반 학생들은 진지하게 고개를 끄덕여 보였다. 반대하는 이는 한 명도 없었다.

"고맙⋯⋯다."

이를 본 코지로는 안도한 듯 웃더니 힘없이 바닥에 쓰러졌다.

◇ ◇ ◇

왕도에 있는 한 가옥. 번화가에서 멀리 떨어진 한적한 장소에 지어진 이 건물에는 두 명의 남자가 있었다.

"그나저나 그 사무라이, 왕자님을 제대로 죽이긴 한 걸까. 만나자마자 확 베어버리면 간단히 끝날 텐데."

"신뢰를 쌓아서 경계가 약해진 틈을 노린다고 하던데, 잘 될지 모르겠네. 얼른 다음 임무를 시켜서 돈벌이에 써먹어야 하는데."

남자는 그렇게 말하며 침대에 누워있는 소녀를 쳐다보았다. 소녀의 목에는 은색의 빛을 발하는 아뮬렛이 걸려있었다. 그리고 두 뺨이 붉게 상기되어 있었는데, 잠결에 괴로워하는 것으로 봐서 몸 상태가 좋지 않은 모양이었다.

"이런 꼬맹이 하나를 살려두는 대가로 마음껏 부려 먹을 수 있다니. 정말 멋진 돈줄을 찾아냈어."

"그렇지? 저 아뮬렛을 팔아치우는 것보다 훨씬 낫다니까. 그 사무라이는 우리가 부자가 될 때까지 열심히 일해줘야 해."

"물론이지!"

2인조는 ""가하하핫!"" 하고 큰 소리로 웃었다.

그런데 바로 그때, 건물의 문이 박살 나며 누군가가 들이닥쳤다. 2인조는 입을 쩍 벌린 채 문이 있던 장소를 쳐다보았고, 그곳에는 악마와도 같은 형상을 한 소년이 서 있었다.

"찾았다. 너희들이구나……!"

그 무시무시한 살기에 노출된 남자들은 심장을 움켜쥐고 싶은 충동에 휩싸였다.

남자는 곧바로 허리에서 나이프를 뽑아 침대에 누운 소녀에게 달려갔다. 인질로 삼을 생각인 모양이었다.

"어딜! 부탁해, 아이리스!"

루이샤가 외치자 건물의 창문이 깨지며 아이리스가 모습을 드러냈다. 아이리스는 등장과 함께 남자를 걷어차 소녀의 안전을 확보했다.

"따님의 안전은 확보했습니다."

그 모습을 본 루이샤는 만족한 듯 고개를 끄덕였다.

"대, 대체 무슨 일이야······!"

방금까지 부자가 될 생각에 이야기꽃을 피우고 있었건만, 지금은 정체 모를 녀석들에게 습격을 당해 동료와 인질을 잃어버리고 말았다. 도저히 힘으로 해결할 수 없는 상황임이 되자 남자는 눈앞의 소년을 말로 구워삶아 보기로 했다.

"이, 이봐! 대단한 실력인데? 내 밑에서 그 능력을 발휘해 보지 않겠어? 우리가 힘을 합치면 떼돈을 벌 수 있다고!"

"······그런 식으로 코지로 씨를 속여 넘긴 건가요. 역겹기 짝이 없군요. 아무리 달콤한 말로 매수하려 해도 코지로 씨의 노력을, 존엄을, 강함을 능멸한 당신을 저는 절대로 용서하지 않을 겁니다!"

루이샤는 타오르는 분노를 힘으로 치환하여 남자를 향해 내달렸다. 코지로에게 받은 대미지가 아직 남아있어 조금만 움직여도 온몸이 비명을 내질렀지만, 루이샤는 개의치 않았다. 이 아픔은 코지로가 받았을 고통에 비하면 새 발의 피였다.

"머, 멈춰!"

"문답무용!"

루이샤가 내지른 혼신의 스트레이트 펀치가 남자의 안면에 꽂혔다. 위력이 어찌나 강했는지 남자는 벽을 뚫고 밖으로 날아가 버렸다. 얼굴이 함몰되어 버린 남자는 "끄, 끄헉······" 하고 신음하며 의식을 잃었다.

"오호! 역시 대장이야. 자비가 없다니까."

이윽고 바깥에서 대기하고 있던 볼프가 남자의 곁으로 다가오며 말했다. 그의 뒤쪽에는 샤로와 카자하, 치샤도 있었다. 코지로도 이 은신처의 위치는 몰랐기에 후각이 뛰어난 볼프와, 곤충을 다루는 카자하, 그리고 해석 마법을 구사하는 치샤의 도움을 받아 이곳을 찾아낸 것이다.

"아쉽게 됐네, 볼프. 날뛸 기회가 없었잖아."

"누가 아니래. 뭐, 대장이 내 몫까지 혼쭐을 내줬으니 불만은 없어."

"그보다 얼른 이 애를 데려가는 편이 좋지 않을까? 다들 기다리고 있잖아."

"그렇네. 내가 루이를 불러올게."

샤로는 치샤의 말에 동의를 표한 뒤 건물 안으로 이동했다. 건물에 들어서자 소녀의 이마에 손을 얹고 있는 루이샤의 모습이 보였다. 소녀의 몸 상태를 알아보고 있는 모양이었다.

"어때? 뭐 좀 알아냈어?"

"간단히 진단해 봤는데, 질병이 아닌 거 같아. 의사나 회복술사들이 포기할 만도 해."

"나을 수…… 있을까?"

샤로가 걱정스럽게 물어보자 루이샤는 강하게 고개를 끄덕여 보였다.

"반드시 치료할 방법이 있을 거야. 꼭 찾아내 보이겠어. 우선은

이 애를 모두가 있는 왕성으로 이동시키자."

일행들은 루이샤의 말에 따라 소녀를 데리고 왕성으로 향했다.

◇ ◇ ◇

왕성의 의무실에서는 두 명의 학생들이 루이샤 일행을 기다리고 있었다.

"으아아, 슬슬 올 때가 됐나……?"

"진정하세요, 로나 양. 일단은 심호흡부터 하죠."

"아, 알았어. 후우~ 하아~. 후우~ 하아~. 응! 이제 괜찮아. 고마워, 벤."

"지, 진정됐다니 다행입니다."

청춘의 향기가 물씬 풍기는 대화를 나누고 있는 이들의 정체는 회복 마법이 특기인 로나와 고지식한 타입의 안경 남학생인 벤이었다. 두 사람은 루이샤의 부탁을 받아 이곳에서 대기하고 있었다.

참고로 담임인 레거스는 이번 사건을 보고하기 위해서 학교로 향한 상태였다. 교내에 위험인물을 들였으니 책임을 피하기는 어렵겠지만, 유리도 동행했으므로 퇴직을 당하는 일은 없을 것이다.

"윽, 이 떠들썩한 발소리. 도착한 모양이군."

다다다다! 하고 시끄러운 소리가 울려 퍼지는가 싶더니 루이샤 일행이 의무실 안으로 들이닥쳤다. 루이샤는 두 사람에게 "오래 기다렸지!"라고 외치고는 코지로의 딸을 의무실 침대에 조심스레

눕혔다. 이곳으로 오는 도중에 잠에서 깼는지 소녀는 어렴풋이 눈을 뜨고 말했다.

"어라…… 여기는……?"

소녀는 처음 보는 광경에 겁을 먹은 듯 보였다. 그러자 로나가 침대 옆에 앉아 소녀의 손을 상냥하게 움켜쥐었다.

"반가워, 후유. 미안한데 언니랑 잠깐 대화를 나누지 않을래?"

후유는 소녀의 이름이었다. 로나는 친절한 말투로 소녀의 긴장을 풀어주었다. 로나의 목소리와 겉모습, 마력에는 신기하게도 상대방의 기분을 차분하게 만드는 효과가 있었다. 덕분에 소녀는 경계심을 품지 않고 로나의 대화에 응해주었다. 그리고 로나는 이렇게 대화로 주의를 끌면서 소녀에게 회복 마법을 걸어주었다. 이것으로 조금은 더 버틸 수 있을 것이다.

"이봐, 루이샤. 아이의 안색이 상당히 나쁘던데. 아무리 마도구의 효과가 있다지만 오래 버티지 못할 거야."

"응. 그러니 한시라도 빨리 치료할 방법을 찾아야 해."

"그렇군."

이윽고 벤은 진지한 표정으로 대량의 의학서를 펼친 뒤, 루이샤에게 소녀의 증상을 물었다.

"마법으로 조사해 본 바에 따르면 병을 앓는 것처럼 보이지는 않았어. 저주나 마법에 따른 증상으로 보여."

"하긴. 평범한 병이었다면 의사나 회복술사도 금방 알았겠지. 뭐가 됐든 특별한 사태일 거야."

벤은 코지로에게 들은 증상을 떠올리면서 책과 머릿속에 있는 지식을 대조해 나갔다.

"증상에 관한 건 잠시 접어두고 물을게. 이 애한테 뭔가 특기할 만한 점은 없었어?"

"특기할 만한 점이라…… 으음……. 아, 그리고 보니 마력이 평균보다 많았어. 열심히 훈련하면 분명 우수한 마법사가 될 거야."

"마법사가 될지 어떨지는 그렇다 치고, 마음에 걸리는 정보인걸. 코지로 씨가 말하길 아이의 어머니도 마력이 많았다고 하더라고."

코지로는 아내와 딸이 똑같은 증상을 앓았다고 말했다. 그렇다면 원인도 같을 가능성이 크다. 즉, 똑같은 체질이라는 점이 열쇠가 될 수 있는 것이다. 이 사소한 힌트를 토대로 벤은 생각을 거듭했다.

"마력은 많을수록 신체가 건강해지는 게 보통이야. 그런데 오히려 몸 상태가 나빠졌다면…… 설마!"

무언가를 깨달았는지 벤은 산더미처럼 쌓인 책 중에서 한 권을 꺼내 루이샤에게 펼쳐 보였다.

"이걸 봐! 상당히 오래된 사례이기는 하지만, 이 애의 증상과 아주 흡사해!"

책에는 작은 마을에 살았던 한 소년의 사례가 적혀 있었다.

원인 불명의 열, 권태감, 그리고 관절의 붓기. 전부 코지로의 딸이 겪는 증상과 일치하고 있었다.

"확실히 흡사한걸. 원인이 뭐였는데?"

"마력 중독이야. 이렇게 희귀한 질환이니 마을 의사가 모르는 것도 무리가 아니지."

마력 중독이란 체내에 마력이 과도하게 쌓이면 발생하는 증상이었다. 마력은 과하게 부족하면 생명의 위기가 찾아오지만, 반대로 몸의 허용량을 넘어도 독이 된다. 다만 신체에 마력이 많이 들어와도 바로 배출하면 되기에 마력 과다로 문제가 되는 자는 거의 없었다.

"아마 이 애도, 아이의 어머니도 마력이 잘 배출되지 않는 체질인 걸 거야. 배출량이 생산량을 따라잡지 못해서 몸이 비명을 지르는 거지."

"그렇구나. 그러면 마력이 밖으로 나오도록 해주면 되겠네."

"맞아. 하지만 그렇게 간단한 문제가 아니야. 당장 어떻게든 마력을 배출해 주더라도 그건 임시방편에 불과해. 뭔가 좋은 방법이 없을까……."

병의 정체를 알아내도 대처법이 없으면 의미가 없었다. 루이샤와 벤이 어떻게 해야 하나 고민하고 있자니, 의외의 인물이 손을 들었다.

"아, 그거라면 좋은 생각이 있어."

바로 카자하였다. 그녀는 소매에서 풍선처럼 둥그런 벌레를 꺼내 책상 위에 올려놓았다.

"도대체 뭘 하려고?"

"너무 그렇게 서두르지 마, 루이샤. 이 애는 주머니 벌레라고 하는데, 체내에 다양한 물건을 수납할 수 있는 편리한 녀석이지."

"오호, 그렇구나……가 아니지. 지금은 벌레의 생태에 대해서 배울 때가…….'"

"알고 있대도. 일단 보고 있어 봐."

카자하가 주머니 벌레의 꼬리를 당기자, 안에 들어있던 물건들이 벌레의 입을 통해서 튀어나왔다. 이윽고 책상 위에 벌레의 입에서 쏟아져 나온 잡동사니들이 쌓이기 시작했다.

"이게 다 뭐래?"

용도 불명의 물건들이 차곡차곡 쌓여나가는 모습을 보면서 볼프가 고개를 갸웃했다. 하지만 루이샤와 샤로, 아이리스는 그 잡동사니들의 정체를 알고 있었다.

"혹시 이건 마크스 씨의 마도구? 어째서 카자하가 가지고 있는 거야?"

"던전에서 마도구가 활약하는 걸 보고 돈이 되겠다 싶었거든. 한탕 벌어볼 생각에 마크스 씨한테서 싸게 샀지."

당당하게 설명을 마친 카자하는 은색의 팔찌 형태의 마도구를 집어 루이샤에게 건넸다.

"이거, 본 적이 있지? 특별히 양보해 줄 테니까 저 애한테 주도록 해."

"이건……! 고마워, 카자하!"

팔찌를 받아 든 루이샤는 로나에게 다가가 작은 목소리로 속삭였다.

"로나, 후유한테 이 팔찌를 채워줘. 아마도 단번에 피로가 몰려올 테니까 곧바로 회복 마법도 걸어주고."

"자, 잘은 모르겠지만, 알겠어!"

아직 상황을 파악하지 못한 로나는 루이샤의 말을 믿고 팔찌를 받아 들었다.

"후유, 언니가 선물을 준비했어. 받아줄래?"

"정말? 와, 기뻐……."

당장이라도 꺼질 듯한 목소리로 대답하는 소녀에게 로나가 팔찌를 채워 주었다. 그러자 팔찌가 희미하게 빛나기 시작했다.

"예쁘다……. 고마워, 언니……."

소녀는 로나의 소매를 붙잡으며 감사의 인사를 건넸다. 하지만 팔찌를 착용하자 소녀의 기력이 점점 떨어지기 시작했다. 이대로는 위험하겠다고 판단한 로나는 서둘러 마력을 끌어모아 마법을 영창했다.

"하이 힐!"

아름다운 녹색 빛이 소녀의 몸을 감싸 체력을 회복시켜 주었다. 그러자 불그스레하던 소녀의 안색이 눈에 띄게 밝아졌다. 호흡도 안정되기 시작했으며, 표정도 편안해졌다. 이제 걱정할 필요는 없어 보였다.

극적으로 호전된 소녀를 보면서 벤은 의아하다는 듯이 물었다.

"카자하 씨, 저 팔찌는 대체 뭐죠?"

"저건 마력을 모으는 '차지 링'이야. 얼마 전에 알게 된 모험가 한테서 샀지."

루이샤 일행은 던전에 들어가기 전 마크스에게 다양한 마도구를 소개받았다. 소녀에게 건네준 팔찌는 그중에 포함되어 있던 마도구였다. 마력을 모아두는 마도구이지만, 마력이 최대치까지 모이면 그 이상은 자동으로 새어 나가 버리는 결함이 있다.

하지만 이 소녀에게는 그 결함이 장점으로 작용했다. 스스로 마력을 배출할 수 없다면 팔찌로 그 역할을 대신하면 되는 것이다.

"고마워, 카자하. 이 마도구가 없었다면 위험했을 거야."

"흥, 고맙다는 말보다는 돈이라고. 모처럼 싸게 샀는데 손해가 이만저만이 아냐."

고개를 절레절레 내젓는 카자하. 하지만 카자하의 얼굴을 쳐다보던 볼프가 딴지를 걸었다.

"카자하, 얼굴이 빨간데? 뭐야, 쑥스러운 거구나?"

"시, 시끄러워. 누구 얼굴이 빨갛다는 거야!"

카자하가 빽 소리를 질렀다. 그렇게 여느 때처럼 떠들썩한 분위기로 되돌아온 가운데, 한 명의 어린 소녀만이 조용히, 그리고 행복하게 잠들어 있었다.

소동이 벌어진 다음 날. 루이샤는 혼자서 어느 장소로 향했다.

"안녕하세요. 면회 예약을 한 루이샤 버디입니다."

"이야기는 들었다. 지나가라."

루이샤는 험상궂게 생긴 경비병의 허락을 받아 엄중한 경계가 이뤄지고 있는 문을 통과했다.

이곳은 왕도 북부에 존재하는 범죄자 수용소인 '노르드 형무소'였다. 왕도에서 범죄를 저지른 자들 대부분은 이곳에 수용되고 있었다. 루이샤는 간수의 안내를 받아 자그마한 방 앞으로 이동했다.

"들어가시죠. 안에서 기다리고 계십니다."

간수의 말을 듣고 안으로 들어가니 죄수복을 입은 한 남자가 의자에 앉아있었다. 팔과 다리에는 커다란 족쇄가 채워져 있어 몹시 갑갑해 보였다.

"아, 왔군. 일부러 이런 곳까지 찾아와 줘서 고맙네."

"아니에요, 코지로 씨. 어차피 학교도 쉬는 날이라 한가했거든요."

남자의 정체는 어제까지 사경에 빠져 있던 코지로였다.

코지로에게 새겨져 있었던 노예의 문장은 루이샤의 기술로 제거된 상태였다.

그 기술은 바로 마황섬. 노예의 문장이 마법으로 맺어지는 계약임을 깨달은 루이샤는 손끝으로 자그만 마황섬을 발동시켜 노예의 문장을 제거했다.

적법한 과정에 따라 새겨진 노예의 문장은 영혼으로 이어져 있어서 제거가 어렵지만, 코지로에게 새겨진 것은 조악한 불법 문장이었기에 별다른 문제가 없었다.

노예의 문장이 사라지자 코지로의 몸 상태는 급속도로 호전되었고, 덕분에 지금은 예전처럼 건강한 나날을 보내고 있었다.

루이샤는 테이블을 가운데 두고 코지로의 맞은편 의자에 앉았다. 방에는 두 명 외에도 간수가 자리를 지키고 있었으며, 긴장한 얼굴로 코지로를 감시하는 중이었다.

"난처하게 됐군. 레가스 공께 미안한 짓을 했어."

코지로가 일으킨 소동으로 인해 마법 학교는 임시 휴교가 되었다. 왕자가 습격당했다는 것은 그만큼 중대한 사건이었다. 레가스는 범인을 교내로 초빙했다는 이유로 여러 관계자에게 머리를 숙여야만 했다.

"원래는 퇴직은 물론이고 무거운 처벌까지 받았어야 한다나 봐요. 하지만 피해자인 유리가 선생님을 옹호해 준 덕분에 직장을 잃지는 않을 거 같아요. 꽤 두꺼운 반성문을 내야 하는 모양이지만요."

"그런가⋯⋯. 내가 할 소리는 아니지만, 정말로 다행이다⋯⋯."

코지로는 고개를 숙이며 안도의 한숨을 내쉬었다. 그리고 잠시 침묵한 코지로는, 불현듯 몸을 일으키더니 바닥에 무릎을 꿇고 앉아 머리를 박았다. 소위 말하는 도게자였다.

"내 딸의⋯⋯ 후유의 병을 고쳐주었다고 방금 간수님께 들었다. 불량배들로부터 구해준 것으로도 모자라 병까지 치료해 주다니,

아무리 감사해도 모자랄 지경이야……. 정말로…… 정말로 고맙다."

코지로는 눈물을 흘리면서 갈라진 목소리로 고맙다는 말을 반복했다. 코지로가 할 수 있는 속죄라고는 이것밖에 없었다.

그러자 루이샤는 코지로 앞에 웅크려 앉아 떨리고 있는 그의 어깨에 손을 얹었다.

"그러실 필요 없어요, 코지로 씨. 저는 당연한 일을 했을 뿐이니까요."

루이샤의 손에서 전해지는 체온과 따뜻한 한마디가 코지로의 얼어붙은 마음을 녹여주었다. 이토록 평온한 기분을 맛본 것은 아내가 살아있던 무렵 이후 처음이었다.

"이 은혜는 절대로 잊지 않겠다. 언젠가 반드시 갚도록 하지. 내 장군의 문장에 걸고 맹세하겠다."

"알겠습니다. 후유를 만나기 위해서라도 빨리 출소해 주세요."

두 사람은 재회를 약속하며 뜨거운 악수를 하였다.

코지로를 면회하러 나갔던 날 밤. 루이샤는 자신의 방에서 휴식을 취하고 있었다.

"후우, 오늘도 지쳤다."

던전 탐색이 끝나자 한숨 돌릴 새도 없이 코지로와 전투를 치렀고, 또 오늘은 코지로의 면회와 사건의 해명을 위해 하루를 꼬박 소모하고 말았다. 덕분에 완전히 녹초가 된 상태였다.

아직 자기에는 이른 시간이었지만 루이샤는 일찍 눕기로 하고 방의 불을 껐다. 그런데 그때 창문에서 똑똑 두드리는 소리가 났다.

"실례합니다. 밤늦게 죄송해요."

목소리의 주인공은 바로 아이리스였다. 아이리스는 날렵한 동작으로 방에 들어와 창문을 닫았다. 그녀의 차림은 평소의 교복이 아닌 흡혈귀의 정장 차림이었다. 날개와 꼬리도 나와 있었다. 아이리스가 가장 편하게 여기는 차림인지 남들의 눈에 띄지 않는 밤중에는 대개 이 모습으로 지냈다.

"어라? 무슨 일이야, 아이리스?"

"보고를 드리러 왔어요. 동족들이 방금 돌아왔거든요."

"아아, 그렇구나. 아이리스도 피곤할 텐데 미안해."

"아뇨. 루이샤 님의 고생에 비하면 제 피로 따위 대단한 것도 아닙니다."

아이리스가 말하는 '보고'란 용사의 유물에 관한 정보를 뜻했다. 현재 그녀의 동료 흡혈귀들은 대륙 각지를 떠돌며 정보 수집에 매진하고 있었다. 다리가 빠르고, 은밀 행동에 뛰어나며, 전투 능력까지 높은 흡혈귀는 첩보 활동의 전문가다. 게다가 이들은 오랜 세월에 걸쳐 마왕에 대한 정보를 뒤쫓고 있었으니 호랑이에 날개가 달린 격이었다.

이들이 먼저 루이샤를 돕고 싶다고 자처해 왔기에 루이샤는 고마워하며 그들의 제안을 수락하기로 했다.

"어때? 뭔가 진전은 있었어?"

루이샤가 침대에 걸터앉으며 물었다. 아이리스는 루이샤 앞에 무릎을 꿇고 보고하려 했지만, 루이샤가 이를 말렸다.

"그렇게 거창하게 설명하지 말고 적당히 앉아서 이야기해 줘. 우리는 같은 반 친구잖아."

"그래도……."

어디까지나 주종관계로 있고 싶은 아이리스는 못마땅한 눈치였지만 좋은 생각이 떠올랐는지 "알겠습니다" 하고 말했다.

"그럼 실례하겠습니다."

아이리스는 그렇게 말하며 루이샤의 옆으로 다가와 앉았다. 심지어 서로의 다리가 닿을 만큼 가까운 거리였다. 아이리스의 체온과 향기를 느껴버린 루이샤는 자기도 모르게 가슴을 두근거리고 말았다.

"너, 너무 가깝지 않아?!"

"그런가요……? 죄송합니다, 사람을 대하는 게 서툴러서요."

적당히 얼버무린 아이리스는 자신의 몸을 들이밀어 가며 루이샤의 얼굴을 들여다보았다. 흡혈귀는 원래부터 미남미녀가 많은 종족이지만 아이리스는 그중에서도 특출난 미녀였다. 그런 그녀가 몸과 얼굴을 들이대니 제아무리 루이샤라도 의식하지 않을 수가 없었다.

"그러면 보고를 시작할게요⋯⋯."

아이리스는 몸을 밀착시킨 채로 동족들로부터 얻은 정보를 루이샤에게 전하기 시작했다. 하지만 루이샤는 도저히 보고에 집중이 되지 않았다. 어두운 방 안에 엄청난 미소녀와 둘만 있는 것이다. 심지어는 똑같은 침대 위에 앉아있었다. 건장한 남학생으로서 이상한 상상이 들지 않는 편이 더 이상했다.

"⋯⋯괜찮으신가요?"

"아, 응! 괜찮아! 그래서 뭐라고 그랬더라?!"

"하아. 듣지 않고 계셨군요."

"하, 하하하. 미안해. 이번에는 제대로 들을 테니까 다시 한번 설명해 줄래?"

"⋯⋯알겠습니다. 그러면 이번에는 흘려듣지 않도록 잘 설명해 드릴게요."

섬뜩할 만큼 요염한 미소를 지어 보인 아이리스는 느닷없이 루이샤의 무릎 위에 걸터앉았다. 그나마 등을 보이고 앉았다면 모를까, 루이샤를 마주 보며 정면으로 앉는 것이었다. 거의 서로를 껴안는 것이나 다름없는 자세였다.

"으악! 갑자기 무슨?!"

"후후. 루이샤 님이 제 이야기에 집중을 못 하시니까 그렇죠. 이만큼 가까이서 말씀드리면 흘려들을 일은 없겠죠."

아이리스의 얼굴이 코앞에 있었다. 조금만 앞으로 움직이면 입술이 닿을 것만 같았다. 이렇게 코앞에서 아이리스의 얼굴을 본 적이 없는 루이샤는 긴장하며 시선을 허우적댔다.

"이, 이러면 못써. 자신의 몸을 소중히 여겨야지."

"후후, 상냥하시네요. 저는 루이샤 님의 그런 면에 끌린 걸지도 모르겠어요."

"……어?"

아이리스의 갑작스러운 고백에 루이샤는 화들짝 놀란 표정을 지었다. 아이리스의 호의는 주종관계에서 나온다고 생각했다. 남녀의 연정이라고는 상상해 본 적도 없었다.

"확실히 처음에는 존경하는 마음뿐이었어요. 위대한 마왕님의 반려분을 도와드릴 수 있다는 것만으로 만족했어요."

"……응."

"하지만 강하고도 상냥한 루이샤 님과 함께하는 사이에…… 저는 루이샤 님을 쳐다보는 것만으로도 가슴이 뜨거워지게 되고 말았답니다. 그리고 처음에는 귀찮을 뿐이었던 용사의 후예에게도 질투심을 느끼게 되었어요."

아이리스는 두 뺨을 새빨갛게 물들이며 말했다.

"분수를 모르는 짓이지만, 그래도…… 만약 괜찮으시다면 제 마음을 받아주실 수 없을까요?"

아이리스는 눈을 감고 곱상한 얼굴을 천천히 내밀었다.

뿌리치는 것은 간단했다. 하지만 아이리스의 마음을 함부로 할 수는 없었다. 그리고 무엇보다 루이샤 또한 아이리스의 순수한 고백에 마음을 사로잡히고 말았다. 그 결과, 루이샤는 눈앞에서 다가오는 소녀의 아름다운 얼굴에 시선을 빼앗긴 채 꼼짝도 할 수가 없었다.

그리고 마침내 두 사람의 입술이 포개졌다. 아이리스는 "음……" 하고 소리 내며 루이샤의 등에 손을 둘렀다. 그러고는 양팔에 힘을 주어 루이샤의 몸을 끌어안았다.

부드럽고도 정열적인 키스에 루이샤는 뇌가 녹아내리는 듯한 쾌락을 맛보았다.

'아, 거절할 수 없어…….'

루이샤는 입맞춤에 저항하기는 대신 아이리스의 허리에 팔을 둘러 강하게 끌어안았다. 이를 알아챈 아이리스는 눈동자를 황홀한 빛으로 물들이며 더욱더 정열적으로 키스했다.

"쪼옥…… 푸하. 기뻐요…… 쪽."

아이리스가 애정이 담긴 목소리로 속삭였다. 루이샤도 그런 아이리스에게 깊은 애정을 느끼며 격렬한 입맞춤을 나누었다.

그렇게 얼마나 많은 시간이 흘렀을까. 몇 분일까, 아니면 몇 시간일까. 한바탕 입맞춤을 나눈 두 사람은 아쉬움을 뒤로한 채 입술을 떼어냈다. 그러고는 붉게 상기된 서로의 얼굴을 마주 보았다.

"제 마음을 받아주셔서 고맙습니다. 정말로 기뻐요."

"나야말로 아이리스처럼 멋진 아이가 좋아해 줘서 영광이야."

두 사람은 서로의 손에 깍지를 낀 채로 마음이 담긴 대화를 나누었다. 두 스승과 샤로에게 미안한 감정을 느끼면서도 루이샤는 아이리스와 관계를 맺기로 각오를 다졌다.

"아이리스, 일단 위에서 내려와 줄래? 이 자세로는 움직일 수가 없거든."

"아뇨……. 걱정하실 필요 없어요."

다음 순간, 아이리스는 루이샤를 침대 위에 밀어 넘어트렸다. 그대로 루이샤를 덮치듯 네발로 엎드린 아이리스는 자신의 진홍색 입술을 혀로 핥았다.

"죄송해요, 루이샤 님. 사실은 한 가지…… 말씀드리지 못했던 게 있어요."

"응? 뭔데……?"

루이샤는 갑작스러운 전개를 따라가지 못하고 되물었다. 아이리스는 그런 루이샤에게 가학적인 미소를 지으며 대답했다.

"사실 저는…… 처음 만났을 때부터 루이샤 님의 귀여운 얼굴에 반해 버렸답니다."

"엉?! 내가 처음에 말을 걸었을 때는 완전히 무시했잖아!"

"죄송해요. 부끄러워서 그만 모른 체를 해버리고 말았어요……."

"그, 그렇구나……."

부끄러워하며 몸을 비트는 아이리스를 보면서 루이샤는 내심 당황했다. 설마 늘 쿨하기만 했던 아이리스가 자신을 그런 식으로 바라보고 있었을 줄은 상상조차 못 했다.

"이렇게 귀엽게 생긴 분하고 적대해야 한다는 생각에 얼마나 슬펐는지. 하지만 운명이란 기구하군요. 설마 저희가 이런 관계로 발전할 줄이야……♡"

아이리스는 눈동자에 ♡무늬를 띄우면서 루이샤의 뺨을 어루만졌다. 흡사 혓바닥으로 핥는 듯한 손놀림에 루이샤는 몸을 부르르 떨었다.

"잠깐…… 아이리스? 어째 눈이 무서운데……?"

"아아, 이 얼마나 귀엽고 사랑스러운 얼굴인지……. 줄곧, 줄곧 이 얼굴을 제 손으로 빨갛게 물들여 드리고 싶었어요……♡"

옷을 벗어 도자기처럼 새하얀 피부를 보인 아이리스는 루이샤의 몸 위에 천천히 자신의 몸을 포갰다. 결국 그녀에게 잡아먹힐 운명임을 깨달은 루이샤는 "저기…… 살살 좀 부탁드릴게요" 하고 마지못해 부탁했다.

그러나 아이리스는 빙그레 웃으며 대답했다.

"죄송하지만 그 부탁만큼은 들어드릴 수 없을 것 같네요……♡"

이윽고 인내심이 한계에 달한 아이리스는 자신의 뜨거운 마음을 루이샤에게 전부 쏟아냈다.

코지로와의 싸움이 끝나고 왕도가 평화를 되찾은 어느 날 밤.

여자 기숙사에서 한 인물이 베개를 퍽퍽 두드리며 불만을 토해 내고 있었다.

"아, 짜증 나! 대체 뭐냐고, 그 계집애는!"

그 인물, 샤를롯테 유렐리아는 주먹을 부르르 떨면서 분노에 찬 밤을 보내는 중이었다.

지금 샤로가 욕하고 있는 대상은 최근 루이샤에게 찰싹 달라붙어 있는 아이리스였다. 샤로가 아무리 떨어지라고 말해도 아이리스는 들은 체도 하지 않았다.

몇 번을 말해도 듣지를 않아서 실력 행사에 나서보기도 했지만, 뛰어난 신체 능력을 지닌 아이리스는 샤로의 공격을 요리조리 회피해 버렸다.

"하아, 우울해……."

샤로는 자괴감을 느끼며 기숙사 방을 나왔다. 우편함에서 우편물을 확인하기 위해서였다.

학교 기숙사에는 다양한 전단이 배부되고 있었다. 학생을 대상으로 한 행사 정보나, 학생들이 선호하는 상품 리스트 등 학생들의 입맛에 맞춘 전단이 많았기에 샤로도 곧잘 확인하고 있었다.

"흠, 새로운 옷가게가 들어섰구나……. 아, 이 카페 괜찮네."

혼잣말을 중얼거리며 우편물을 확인하던 와중 한 전단이 눈에 들어왔다.

"응? 이건……."

샤로의 시선을 끈 것은 가까운 나라의 축제 광고지였다.

'상업국(商業國) 블룸'이라고 불리는 이 나라에서는 해마다 상인의 신을 찬양하는 축제가 개최되고 있다.

축제 기간에는 나라 전역에 노점상이 들어선다. 덕분에 대륙 각지의 진미를 먹어볼 수도 있었고, 희귀한 물건과 마도구도 판매한다.

전단에 의하면 3일간 이어지는 이 '대풍요제'는 다음 휴일부터 시작이라는 모양이었다.

샤로도 어릴 적에는 부모님을 따라 축제를 즐기고는 했다. 하지만 학생이 된 최근에는 좀처럼 참가할 기회가 없었다.

"맞아. 이 축제라면 방해받지 않고 루이와 함께할 수 있을 거야! 후후, 내 아이디어지만 훌륭한걸. 루이한테 누가 진정한 여자친구인지 똑똑히 알려주겠어!"

샤로는 벌써 들뜬 마음으로 예정을 짜기 시작했다.

"흥~ 흥흐흥 ♪"

메이드복의 여성이 콧노래를 부르며 기분 좋게 걸어가고 있었다. 아이리스였다.

아이리스가 이렇게 신난 모습으로 향할 만한 장소는 단 한 곳뿐. 루이샤의 방밖에 없었다. 학교에서는 루이샤의 시중을 들어줄 수가 없기에 휴일 동안 잔뜩 봉사할 생각이었다.

참고로 남자 기숙사는 여성의 출입이 금지되어 있다. 하지만 아이리스는 자기 집 드나들듯 침입하고 있었다. 타고난 능력으로 사람들 눈에 띄지 않도록 은밀하게.

"후후, 이 시간대라면 루이샤 님은 아직 잠들어 계실 테죠······. 아침부터 루이샤 님의 잠든 얼굴을 볼 수 있다니, 보람찬 하루가 되겠군요······."

아이리스는 얼굴을 붉게 물들이며 익숙한 손놀림으로 루이샤의 방 자물쇠를 따기 시작했다. 손톱을 넣고 절그럭거리기도 잠시. 루이샤의 방문은 고작 몇 초만에 공략당해 버렸다.

그리고 아이리스는 아직 잠들어 있는 주인이 깨지 않도록 조심스럽게 방문을 열었다.

"······실례합니다."

작은 목소리로 양해를 구하면서 슬그머니 안으로 들어가는 아이리스.

하지만 아이리스의 눈에 비친 것은 텅 빈 방이었다.

"··········어라? 루이샤 님?"

단순한 부재중이라면 아침 훈련을 나갔다고 생각할 수도 있지만, 방 안의 상태는 평소와 달랐다. 창문은 활짝 열려 있었고, 이불은 흐트러져 있었다. 루이샤가 방 정리도 하지 않고 외출할 성

격이 아니라는 것을 알고 있는 아이리스는 강한 불안감에 사로잡
혔다.

"어, 어디에 계신 건가요, 루이샤 님?!"

당황한 아이리스는 침대 밑부터 책상 밑까지 방 안을 구석구석
뒤져봤지만, 루이샤의 모습은 찾을 수 없었다.

"대체 어디로…… 어라?"

문득 아이리스는 책상 위에서 종이 한 장을 발견했다.

"이건…… 메모 같은데. 어디 보자……."

'루이는 내가 데려가겠어!

우리는 재미있게 놀다 올 테니까 방 청소, 잘 부탁해!

루이샤의 연인인 샤를롯테 유델리아가.'

"…………뭐?"

내용을 훑어본 아이리스는 분노로 손을 떨면서 종이를 갈기갈
기 찢어버렸다.

"과연…… 한 방 먹었군요……!"

아이리스는 악마도 달아날 법한 무시무시한 얼굴로 창밖을 노
려보았다.

'침대에 열기가 남아있지 않은 걸로 봐서 방에서 나간 지 꽤 됐
군요. 지금부터 찾아봤자 근처에는 없을 테지요……. 분하지만,
이번에는 패배를 인정해야겠어요.'

아이리스는 자신의 실책을 저주하며 어질러진 방 안을 정리하기 시작했다.

"좋습니다. 당신을 제 적으로 인정하겠어요. 다음에는 봐주지 않을 겁니다……!"

샤로를 연적으로 인정한 아이리스는 복수를 굳게 다짐했다.

◆ ◆ ◆

아이리스가 루이샤의 방에 찾아오기 약 3시간 전.

샤로는 해가 떠오른 지 얼마 되지도 않은 이른 아침부터 루이샤의 방을 방문했다. 샤르는 번거롭게 남들 눈을 피해서 건물에 잠입하는 짓은 하지 않았다. 몇 번의 도움닫기 끝에 3층인 루이샤의 방까지 단번에 뛰어오른 다음, 가벼운 몸놀림으로 창문을 열고 안으로 들어섰다.

루이샤는 종종 찾아오는 파로무를 위해 평소에도 창문을 잠그지 않았다. 샤로는 그 사실을 알고 있었다.

"좋은 아침이야, 루이."

방 안에 도착한 샤로가 자는 루이샤를 흔들어 깨웠다.

"……으음. 어? 샤로? 뭐지, 꿈인가?"

루이샤가 반쯤 뜬 눈을 비비며 상반신을 일으켰다.

"잠꼬대는 그만하고 옷이나 갈아입어. 얼른 출발해야 해."

샤로는 루이샤를 억지로 침대에서 끌어내려 출발 준비를 시켰다.

"자, 잠깐만! 이거 꿈 아니었어?!"

"바보 같은 소리 말고 얼른 갈아입기나 해! 서두르지 않으면 그 녀석이 온단 말이야!"

"그 녀석이 누군데?!"

루이샤는 갑작스러운 상황에 당황을 금치 못했다. 하지만 샤로가 무서운 얼굴로 재촉했기에 어쩔 수 없이 밖으로 나갈 채비를 시작했다.

서두르게 한 보람이 있었는지 샤로가 방에 돌입하고 10분이 지났을 무렵 준비가 완료되었다. 나쁘지 않은 결과였다. 샤로는 만족스럽게 고개를 끄덕였다.

"좋아, 준비는 다 된 모양이네. 그러면 바로 출발하자."

샤로는 그렇게 말하며 창틀에 발을 올렸다.

"어?! 창문으로 가려고? 문은 놔두고 왜 하필?"

"문으로 나가면 그 녀석한테 발견될지도 모르잖아! 자, 빨리 움직여!"

"그러니까 그 녀석이 누군데?!"

루이샤는 연거푸 당황하면서도 샤로의 손에 이끌려 창밖으로 뛰어내렸다. 사뿐히 바닥에 착지한 루이샤는 앞장서서 달려 나가는 샤로를 쫓아갔다.

"이젠 나도 몰라! 일단 따라가면 되는 거지?! 대신 나중에 제대로 설명해 주기다!"

"후후, 드디어 같이 갈 마음이 생긴 모양이네. 진심으로 달릴 테니까 잘 따라와!"

샤로는 속도를 올려 인기척이 적은 아침의 거리를 달려갔다.

이리하여 두 사람의 작은 여행이 막을 열게 된 것이었다.

◇ ◇ ◇

두 사람의 목적지인 상업국 블룸은 왕도에서 마차로 이틀이나 걸릴 정도로 멀었다.

하지만 그것은 마차로 이동했을 때의 이야기. 짐도 없는 두 사람에게는 별로 대단치 않은 거리였다. 대지를 질주하고, 나무를 뛰어넘고, 절벽을 타고 오를 수 있는 두 사람에게는 하이킹이나 다를 바 없었다.

그렇게 왕도를 나와 두 시간이 지났을 무렵, 두 사람 앞에 목적지가 모습을 드러냈다.

"저기 보이네. 저게 상업국 블룸이야."

"저기가 블룸이구나! 직접 보는 건 처음이야!"

두 사람 앞에 펼쳐진 것은 대지에 떡하니 자리 잡은 선박, 선박, 선박.

이 배들은 좌초된 것이 아니라 건물로 쓰이고 있었다. 어떤 배는 상점으로, 어떤 배는 민가로 이용되는 등 용도는 다양했다.

배를 집으로 사용하는 풍습이 있는 이곳은 '대륙의 항구'라는 이명으로도 불렸다.

"굉장하다! 이렇게 많은 배는 본 적도 없어!"

루이샤는 나이에 걸맞게 신이 난 눈치였다.

샤로도 즐거워하는 루이샤를 보면서 미소 지었다.

"후후, 이 정도로 놀라기엔 일러. 왜냐하면 지금은 일 년 중에서 가장 떠들썩한 축제 기간이거든."

"축제?! 이렇게 커다란 축제를 보는 것도 처음이야! 기대된다!"

축제라는 말을 듣고 흥분한 루이샤는 샤로의 손을 덥석 움켜쥐고 내달리기 시작했다.

"샤로! 얼른 가자!"

갑작스럽게 손을 붙잡힌 샤로는 화들짝 놀라서 "어, 으응!" 하고 얼빠진 목소리로 대답하고 말았다.

하지만 루이샤는 전혀 개의치 않고 앞으로 달려갈 뿐이었다. 루이샤에게 꽉 붙들린 자신의 손을 바라보면서 샤로는 생각했다. 아아, 정말로 오길 잘했다. 라고.

상업국 내부는 인파로 붐비고 있었다.

오늘은 다른 대륙의 손님들까지 모여드는 '대풍요제' 첫날. 좋은 물건은 금방 팔리기에 눈썰미가 좋은 상인들은 누구보다 먼저 찾아와 상품을 물색하고 있었다.

물론 상인들만 있는 것은 아니었다. 단순히 즐기기 위해서 찾아온 관광객도 잔뜩 존재했다.

"우와, 사람이 이렇게나 많다니! 왕도에서도 이만한 사람은 본적이 없어!"

"평소에는 왕도가 더 붐비지만, 오늘은 축제니까. 평소보다 세배는 늘어난다고 들었어."

"세 배! 엄청난걸! 얼른 구경하러 가자!"

"후후, 진정해. 축제가 어디로 도망가는 것도 아니니까."

샤로는 그렇게 말하며 주머니에서 작은 종이를 꺼내 들었다.

"어제 루이가 좋아할 만한 가게를 픽업해 봤어. 여기에 적힌 순서대로 돌아보자."

샤로가 건넨 종이에는 희귀한 마도구를 취급하는 가게와 용사와 관련된 물건을 취급하는 가게, 마법 서적을 취급하는 가게 등 루이샤의 흥미를 끌 만한 가게가 잔뜩 적혀 있었다.

어젯밤 샤로가 숙면 시간까지 아껴가며 작성한 일정표였다.

루이샤는 종이에 적힌 가게 리스트를 보면서 눈을 반짝였다.

"대, 대단해, 샤로! 재밌어 보이는 가게가 엄청나게 많아! 빨리 가보자!"

"어쩔 수 없네. 어울려 줄게."

어쩔 수 없다고 말하면서도 샤로의 입가에서는 웃음이 가실 줄을 몰랐다.

최근 함께할 기회가 그다지 없었기에 샤로도 즐거움을 주체할 수가 없었다.

"좋아! 잔뜩 구경해야지!"

"루, 루이! 같이 가!"

이리하여 두 사람의 데이트는 소란스럽게 시작을 알렸다.

◇　◇　◇

샤로가 작성해 준 가게 리스트는 하나같이 루이샤의 취향에 적중했다. 덕분에 데이트는 무척 활기차게 진행되었다.

"샤로! 저 자그만 항아리 말인데, 마력을 넣으면 악취가 피어오른대!"

"그게 필요해? 어디다 쓰려고."

"확실히 쓸모는 없지만 어떤 방식으로 만들어졌는지 궁금해서. 주인아저씨, 이거 얼마인가요?"

"응? 그 항아리를 선택하다니 안목이 제법이구나. 어디 보자⋯⋯ 원래는 은화 다섯 닢인데, 특별히 은화 세 닢에 내주마."

"은화 세 닢이라. 으음, 어떡한담."

마도구에 관심이 많은 루이샤는 적은 용돈을 관리해 가며 쇼핑을 즐기고 있었다. 샤로도 즐거운 얼굴로 물건을 고르는 루이샤의 모습을 옆에서 흐뭇하게 지켜보았다.

그렇게 점포를 몇 개쯤 둘러보고 나니 어느새 벌써 점심이 되었다. 아침부터 아무것도 먹지 않은 두 사람은 길거리 음식으로 점심을 해결하기로 했다.

"자, 사 왔어. 자리 잡아줘서 고마워."

"응. 루이도 수고했어. 돈은 나중에 갚을게."

테이블이 잔뜩 늘어서 있는 광장에 도착한 두 사람은 테이블 쟁탈전을 거쳐 어렵게 식사할 자리를 확보했다. 루이샤가 사 온 것은 신선한 해산물이 듬뿍 투입된 블룸의 명물 스프 '해보탕'과, 두껍게 썬 고기와 채소를 잔뜩 끼워 넣은 '풍요 샌드위치'였다. 양쪽 모두 대풍요제의 인기 상품이었다.

"우물우물…… 꿀꺽. 이거 엄청 맛있다! 오후에도 실컷 돌아다닐 수 있겠어!"

"오랜만에 먹었더니 맛있네. 특히 이 해보탕이 인상적이야. 바다와 가까워서 그런가? 산지 직송이라는 느낌?"

상업국 블룸은 바다와 인접한 도시국가로, 해로, 육로, 하늘길의 요충지에 주목한 대상인이 건국한 특수한 나라다. 대륙 바깥의 국가들과도 적극적으로 교역하는 블룸의 항구는 키탈리카 대륙에서 최대 규모를 자랑한다. 키탈리카 대륙의 상인이라면 누구나 한 번쯤은 이 나라에 자신의 가게를 세우는 꿈을 꾸기 마련이었다.

"……후우, 배부르다. 오후에는 어딜 돌아볼까?"

"너는 괜한 고민 말고 즐기기만 하면 돼. 오후 일정도 제대로 잡아 놨으니까 안심해."

샤로가 호언장담하자 불현듯 루이샤가 "풉" 하고 웃음을 터트렸다.

"뭐, 뭐야 갑자기! 내가 뭐 이상한 소리라도 했어?"

"미안, 미안. 그냥 즐거워서. 이렇게 밖에서 놀고, 점심을 먹고, 잡담을 나누고 있으니까 왠지 평범한 학생이 된 것 같아."

두 스승을 구하겠다고 정한 날부터 루이샤는 언제든지 싸움에 몸담을 각오로 살아왔다. 설마 이렇게 평화롭고 행복한 시간을 보내게 될 날이 올 줄은 생각지도 못했다.

"바보구나. 확실히 우리는 평범함과는 조금 거리가 있을지도 모르지만, 평범한 행복을 맛보면 안 된다는 법은 없어. 오히려 열심히 노력한 만큼 남들보다 즐겁게 살 권리가 있지 않을까."

"그렇구나……. 맞아. 내가 너무 어렵게 생각하고 있었나 봐."

"흥, 알았으면 됐어. 이제 쓸데없는 생각은 그만하고 슬슬 움직이자. 나는 아직 다 놀려면 멀었어!"

"응!"

두 사람은 다사다난했던 유년기를 보상받기라도 하겠다는 듯이 청춘을 구가했다. 잔뜩 놀고, 웃고, 떠들었다. 하지만 즐거운 시간이란 눈 깜짝할 사이에 지나가 버리는 법. 정신을 차렸을 때는 하늘이 오렌지빛으로 물들어 있었다.

루이샤는 앞으로 점포를 몇 개나 돌아볼 수 있을까 생각하면서 걷고 있었다. 그런데 그때였다. 불현듯 등 뒤에서 누군가가 말을 걸었다.

"……루이샤?"

그 목소리를 들은 순간, 루이샤의 걸음이 뚝 멈추었다.

묻혀있던 기억이 단숨에 되살아나는 감각. 루이샤는 이 목소리를 알고 있었다. 아니, 잊을 수 있을 리가 없었다. 왜냐하면 이 목소리는 루이샤가 현실 세계에서 가장 오랫동안 알고 지냈던 인물의 목소리였으니까.

루이샤의 갑작스러운 변화를 눈치챈 샤로가 "갑자기 왜 그래, 루이?!" 하고 말을 걸었지만, 루이샤는 자리에 가만히 선 채로 움직이지 않았다. 이런 루이샤의 모습을 보는 것은 처음이었다.

하지만 목소리의 주인은 개의치 않고 두 사람의 곁으로 다가왔다.

"……역시 루이샤구나. 찾아다녔어, 정말로."

마치 뱀의 혓바닥처럼 끈적하게 달라붙는 듯한 목소리였다.

루이샤는 심호흡한 뒤, 마음을 다잡고 뒤를 돌아보았다.

아니나 다를까 루이샤의 눈앞에는 낯익은 인물이 서 있었다.

"엘레나……. 어째서 여기 있지?"

그녀의 이름은 신동(神童) 엘레나 번우드. 루이샤의 소꿉친구로 루이샤가 케벡 마을을 뛰쳐나와 무한감옥에서 헤매게 된 계기를 만든 장본이었다.

불타는 것처럼 새빨간 머리카락과 강인한 눈, 여기에 날씬한 몸매와 곱상한 생김새까지. 마을에서 지내던 무렵 그대로였다. 다만, 그녀의 복장은 예전과 인상이 많이 달라져 있었다.

붉은색 위주의 움직이기 쉬운 옷차림이었다. 두 팔다리와 가슴, 허리에는 붉은색의 갑옷을 착용하고 있었다. 또한 한쪽 허리에는 검은색의 검을 차고 있었다.

무엇보다도 루이샤가 주목한 것은 목에 걸린 은색의 명패였다. 이것은 그녀가 모험가가 되었다는 증거였다.

"……설마 이런 곳에서 만나게 될 줄이야. 모험가가 되었다니 놀랐어."

"여러 나라를 전전하는 데는 모험가만큼 편리한 직업이 없거든. 돈도 벌 수 있고……. 다 너를 찾기 위해서였지."

엘레나는 마치 사냥감을 발견한 포식자와도 같은 눈으로 루이샤를 노려보았다. 루이샤는 뱀 앞의 개구리처럼 굳어져 버리고 말았다.

"두 달 동안 너를 찾아내기 위해 여러 나라를 돌아다녔어. 여비를 벌려고 의뢰를 맡다 보니까 어느샌가 은 등급 모험가가 되었지 뭐야. 역시 난 강한가 봐."

모험가 랭크는 철 등급부터 시작해, 동 등급, 은 등급, 금 등급, 백금 등급까지 상승한다.

참고로 은 등급이면 베테랑 모험가다. 평범한 10대 소녀가 수 개월 만에 도달할 수 있는 랭크가 절대 아니다.

"사람이 모이는 축제에 가면 만날 수 있을지도 모른다고 생각해서 와봤는데, 설마 정말로 만나게 될 줄이야. 자, 루이샤. 이쪽으로 오렴."

엘레나는 그렇게 말하며 루이샤에게 손을 뻗었다. 하지만 루이샤는 당연히 그 손을 잡지 않았다.

"왜 그래, 루이샤? 나랑 같이 가자. 지금이라면 나한테 반항적으로 굴었던 것도 관대하게 용서해 줄 테니까. 그러니까 얼른 이쪽으로 와. 소꿉친구인 내가 예전처럼 지켜줄게."

"하, 지켜준다고?"

지금까지 가만히 듣고 있던 루이샤였지만 그 말만큼은 잠자코 넘어갈 수가 없었다.

"지키는 게 아니라 지배하는 거겠지."

"후후, 그게 그거란다. 꼬맹이인 루이샤는 당연히 모를 테지만."

"아니. 누군가를 지키는 건 사랑이야. 하지만 난 네게서 한 번도 그런 마음을 느낀 적이 없어. 오로지 자기만족과 지배욕뿐이었지."

"뭐라고……?!"

엘레나는 루이샤의 말을 듣고 이마에 핏대를 세웠다.

자신이 루이샤에게 집착하는 이유가 '지배욕'이자 '독점욕'이라는 사실을 그녀도 내심 깨닫고 있었다. 자신의 추악한 부분을 지적당한 엘레나는 불같이 분노했다.

"좋아. 그렇게 아픈 꼴을 보고 싶다면 어쩔 수 없지. 누가 네 주인님인지 다시 알려주겠어……!"

한 걸음, 두 걸음 다가오는 엘레나를 향해서 루이샤도 자세를 취했다.

실력은 루이샤가 위일 것이다. 하지만 루이샤는 엘레나로부터 정체를 알 수 없는 위화감을 느끼고 있었다. 그것이 그녀의 광적인 지배욕 때문인지, 자신의 트라우마로 인한 것인지는 확실치 않지만 이로 인해서 루이샤는 심적으로 궁지에 내몰렸다.

"큭……!"

"그렇게 겁먹을 필요 없어. 상냥하게 괴롭혀 줄 테니까……!"

가학적인 미소를 지으며 천천히 접근해 오는 엘레나. 반면에 루이샤는 움직일 수가 없었다.

이대로는 위험해. 그렇게 생각한 순간, 누군가가 두 사람 사이로 끼어들었다.

"잠깐, 나도 그 이야기에 끼워주겠어?"

적의를 노골적으로 드러내며 끼어든 인물의 정체는 당연하게도 샤로였다.

엘레나는 루이샤에게 집중하느라 여태껏 샤로의 존재를 눈치채지 못한 상태였고, 그래서 그녀의 갑작스러운 등장에 다소 놀란 듯했다.

"……당신은 누구? 혹시 루이샤의 친구인가요? 그렇다면 죄송하지만 두 번 다시 루이샤와 만나지 말아 주시겠어요? 이 녀석은 제가 잘 돌볼 테니까 안심하고 인연을 끊어 주세요."

"우와, 이렇게 맛이 간 애하고 엮였었구나, 루이. 딱하기도 하지."

엘레나는 샤로의 말투에 미간을 찌푸렸다.

참고로 신경이 쓰였던 점은 '맛이 간 애'가 아니라 '루이'라는 친근한 호칭 쪽이었다.

"……당신, 루이샤와 무슨 관계지? 대답에 따라서는 곱게 끝나지 않을 거야."

"아, 신경 쓰여? 그러면 가르쳐 줄게."

살의가 담긴 시선을 받으면서도 샤로는 전혀 기죽지 않았다.

오히려 과시하듯 루이샤의 어깨에 팔을 두른 샤로는, 루이샤의 얼굴을 자기 쪽으로 끌어당겨 뺨에다 키스해 보였다.

"나랑 루이는 이런 관계야. 즐거운 데이트 중이니까 방해하지 말지? 평범한 소꿉친구 씨."

"너…… 죽고 싶어?!"

"어머나, 무서워라. 그러니까 루이한테 미움받지."

샤로는 루이샤의 어깨를 바짝 잡아당기며 엘레나를 도발했다. 분노가 절정에 달한 엘레나는 전신에서 살의를 뿜어내기 시작했다.

"루이샤, 이게 마지막 경고야. 그 망할 여자를 버리고 나를 고르도록 해. 그렇지 않으면…… 둘 다 죽일 거야."

"됐으니까 빨리 덤비기나 해. 무서우면 살던 마을로 도망쳐서 조용히 살아도 괜찮고."

"그래, 그렇게 죽고 싶다면야…… 소원대로 죽여 주마, 이 빌어먹을 년아!"

분노에 찬 엘레나의 고함이 주변 일대에 울려 퍼졌다. 근처를 지나가던 사람들은 심상찮은 일이 벌어졌음을 깨닫고 비명을 지르며 달아났다.

엘레나는 허리에 차고 있던 검을 뽑아 들었다. 길이가 80cm에 달하는 브로드소드였다. 장식이라고는 하나도 없는, 상대방을 죽이는 데 특화된 검이었다.

"죽어!"

엄청난 속도로 샤로를 엄습해 오는 엘레나.

하지만 이 와중에도 샤로는 여전히 침착했다.

"드디어 싸울 마음이 들었나. 좋아, 놀아주지."

샤로는 루이샤를 자리에 대기시킨 다음 본인의 검을 뽑아 들었다.

프라우 솔라우스. 용사 오거가 사용했다는 명검이다.

"지켜보고 있어, 루이샤. 내가 너의 악연을 끊어줄게."

"하, 나와 싸우시겠다? 배짱도 좋군. 그 건방진 콧대를 꺾어 주겠어……!"

엘레나가 살기를 품은 검을 휘둘렀다.

루이샤는 경악했다. 엘레나는 마을에 있을 무렵에도 제법 강했지만, 지금은 그때와 비교도 되지 않을 만큼 강했다.

여태껏 재능만으로 살아왔던 엘레나는 루이샤를 찾아내기 위해서 2개월 동안 처음으로 '노력'했다. 모험가 생활을 통한 실전을 겪으며 투박했던 원석이 눈부신 보석으로 바뀌었다.

"죽어……버렷!"

망설임 없이 휘둘러진 횡 베기.

무시무시한 속도였으나 샤로는 검의 옆면으로 정확하게 받아 냈다.

"속도도 빠르고 힘도 있지만 움직임이 단순해."

"……닥쳐!"

도발하자 엘레나의 공격이 더욱 매서워졌다.

하지만 샤로는 쉴 틈 없이 오는 공격을 전부 받아넘겼다.

"젠장! 어째서 맞질 않는 거야!"

바득바득 이를 가는 엘레나.

공격이 맞지 않아 초조해진 엘레나는 동작이 점차 커졌고, 샤로는 그 빈틈을 놓치지 않았다.

"여기다!"

허를 찌르는 날카로운 발차기가 엘레나의 오른쪽 옆구리에 꽂혔다.

그 충격은 근육을 관통해 엘레나의 내장까지 도달했다.

"끄윽……!"

엘레나는 생각지도 못한 반격에 고통스러워하며 신음을 흘렸다. 샤로는 곧장 검을 움켜쥔 손에 힘을 주고 단숨에 공세에 나섰다.

"오우카 용심류, 용앵매진!"

마치 휘몰아치는 꽃보라처럼 샤로의 검에서 수많은 참격이 쏟아져 나왔다.

엘레나는 특유의 반사신경으로 그 맹공격을 받아내려 했지만 결국에는 밀리기 시작했다.

"큭, 이런 녀석한테……!"

미처 다 막아내지 못한 공격이 엘레나의 피부에 얕은 상처를 새겨나갔다.

위기를 느낀 엘레나는 뒤로 물러나 샤로의 공격에서 벗어났다.

"어라? 항복하게?"

"후욱, 후욱, 그럴 리가, 없잖아!"

가쁜 숨을 내쉬는 엘레나와 달리 샤로의 표정은 침착했다. 누가 우세한지는 명백했다.

"너만큼은 절대로 용서하지 않겠어……! 잘도 내 루이샤를 구워삶았겠다……!"

여전히 막무가내 분노를 표출하는 엘레나. 샤로는 그런 그녀를 딱한 눈으로 바라보았다.

어쩌면 자신도 저런 인간이 되었을지 모른다. 자신의 재능에 취해, 마음에 들지 않는 점이 있으면 짜증을 부리며 힘으로 해결하려 드는 인간이. 눈앞의 소녀는 입학시험 때 루이샤에게 집착하던 자신과 닮아있었다.

만약 루이샤와 만나서 변하지 못했더라면 자신도 저런 모습으로 남고 말았으리라.

그렇기에 동정은 했다. 하지만…… 그렇다고 해서 봐줄 생각은 없었다. 왜냐하면 자신은 다른 길을 선택했으니까. 그러니 저 여자의 몫까지 루이샤를 지켜내 보일 것이다.

엘레나를 쓰러트리기로 한 샤로는 검을 칼집에 집어넣었다.

그 모습을 본 엘레나는 당황한 기색이 역력했다.

"……뭘 어쩔 생각이지?"

"아, 미안. 멍하니 서 있길래 패배를 인정한 줄 알았어."

"크으윽……! 죽여 버리겠어!"

무시무시한 얼굴로 돌진해 오는 엘레나.

하지만 이것이야말로 샤로의 노림수였다. 분노에 몸을 맡긴 공격만큼 간파하기 쉬운 것도 없었다.

엘레나의 움직임을 완전히 파악한 샤로는 혼신의 발도를 날렸다.

"오우카 용심류, 앵화일섬."

초고속으로 튀어나온 발도 공격이 엘레나의 공격을 튕겨냈다. 단순히 힘과 속도만 따지자면 엘레나가 샤로를 웃돌았지만, 높은 수준으로 갈고닦은 샤로의 기술이 그 차이를 뒤집었다.

샤로는 엘레나의 자세가 무너졌음을 확인하고 곧장 앞으로 달려갔다. 엘레나에게 접근해 높이 도약한 샤로는 온몸을 비틀어 혼신의 돌려차기를 구사했다.

"기공술 공격식 3형태…… 시라누이!"

초고속으로 회전하는 샤로의 다리. 공기와의 마찰로 인해 샤로의 발에 불이 붙었다.

홍련의 화살과도 같은 강력한 발차기가 엘레나의 턱을 정확히 가격했다.

"끄헉……."

엘레나는 자신이 무슨 공격에 당했는지도 깨닫지 못한 채, 짧은 신음을 내며 바닥에 쓰러져 버렸다. 엘레나의 턱을 관통한 충격이 그녀의 뇌를 흔들어 뇌진탕을 일으킨 것이다.

공중에서 멋진 발차기를 선보인 샤로는 우아한 동작으로 바닥에 착지했다. 그러고는 루이샤를 향해 V자 사인을 보내며 "예이!" 하고 천진난만한 미소를 지었다.

"어휴. 결국 다 돌아보지도 못하고 끝났네."

"하하, 그런 일이 있었으니 어쩔 수 없지."

그날 밤.

루이샤와 샤로는 한적해지기 시작한 왕도의 밤거리를 걸어가고 있었다.

샤로가 엘레나와의 전투에서 이기기는 했지만, 곧 상업국의 경비원이 출동하는 바람에 데이트를 중단할 수밖에 없었다.

물론 나쁜 짓을 저지른 것은 엘레나였다. 하지만 제삼자가 보기에는 두 사람 역시 마을에서 날뛴 문제아였다. 변명을 해봤자 붙잡힐 가능성이 컸다.

그렇게 판단한 두 사람은 황급히 자리를 떠나 왕도로 귀환한 것이다.

"하아, 한동안 상업국에 가는 건 피해야겠네."

"좋게 생각하자. 붙잡히는 것보다는 낫잖아."

낙심한 샤로를 위로하는 루이샤.

하지만 샤로의 표정은 좀처럼 펴질 줄을 몰랐다.

"미안해, 루이. 모처럼 축제를 즐기려고 했는데, 나 때문에 엉망이 되고 말았네⋯⋯."

"무슨 소리야. 사과할 건 오히려 나인걸. 샤로를 개인사에 끌어들였잖아. 설마 그런 곳에서 엘레나와 마주칠 줄이야⋯⋯."

"루이야말로 사과할 필요 없어. 나, 그런 녀석은 질색이거든. 날려버리고 나니까 속이 후련하더라."

"하하, 샤로다운걸. 나도 그 멋진 발차기를 봤더니 기분이 좀 풀렸어."

"그렇지? 루이를 괴롭힌 벌이야. 꼴좋다!"

두 사람은 서로를 향해 웃어 보였다.

이미 어두운 분위기는 깨끗하게 사라진 상태였다.

"그나저나 정말 훌륭한 '시라누이'였어. 언제 그렇게 숙달된 거야?"

"후후. 나는 하루하루 성장하고 있다고. 언젠가는 기공술도 전부 훔쳐주겠어."

"하하⋯⋯. 샤로가 그렇게 말하면 정말로 해낼 것 같아. 나도 느긋하게 있을 수 없겠는걸."

끊임없이 강함을 추구하는 샤로는 현재 루이샤에게 기공술을 배우고 있었다.

아직 배우기 시작한 지 두 달도 채 되지 않았지만, 샤로의 넘치는 재능은 기공술에서도 충분히 발휘되고 있었다. 벌써 공격식과 방어식을 각각 3형태까지 사용할 수 있게 되었다.

"정말로 대단해, 샤로는. 항상 앞을 보면서 살고 있잖아. 나도 그러려고 해봤지만, 엘레나를 만난 순간 옛날 기억이 떠올라서 꼼짝도 할 수가 없었어. 역시 나는 강해질 수 없는 운명인 걸까……."

자조하듯 중얼거리는 루이샤. 그러자 샤로는 루이샤의 머리로 손을 뻗어…… 딱밤을 먹였다.

"아얏! 왜 때리는 거야?!"

"바보 같은 걸로 고민하고 있으니까 그렇지. 알겠어? 내가 앞을 보고 나아갈 수 있게 된 건 전부 네 덕분이야. 강하고 정직한 네 모습에 반해서 나도 너처럼 되기로 한 거라고."

루이샤는 샤로의 말을 듣고 놀랐다. 샤로에게 이런 말을 들은 것은 처음이기 때문이었다.

"그러니까 넌 괜찮아. 오늘은 그 이상한 여자를 만나서 동요했을 뿐이야. 네 본질은 이 정도로 바뀌거나 하지 않으니까 안심해. 내가 보증할게."

"……응. 고마워."

샤로의 아무런 근거도 없는 "안심해"라는 말에 루이샤의 마음은 구원받았다. 루이샤의 안도한 표정을 확인하고 한시름 놓은 샤로는 갑자기 루이샤에게 뛰어들어 팔짱을 꼈다.

"하긴, 다짜고짜 잊으라고 말해봤자 어렵겠지. 특별히 내가 잊어버리게 만들어 줄게. 정말이지, 루이는 손이 많이 간다니까."

"……응? 잊게 해준다니, 어떻게?"

"둔하긴. 이럴 때 방법이라면 하나밖에 더 있어?"

샤로는 그렇게 말하며 검지로 여관을 가리켰다. 루이샤는 그 의미를 깨닫고 얼굴을 붉혔다.

"아니, 그래도……."

"이제 와서 뭘 부끄러워하고 그래. 됐으니까 따라와!"

샤로는 루이샤의 손을 잡아끌고 여관으로 들어섰다. 접수대에 돈을 지불하고 작은 방을 대여한 샤로는 곧장 여관방으로 들어가 루이샤를 침대 위에 앉혔다.

"기억을 잊으려면 더 강렬한 기억으로 뒤덮는 게 정석이잖아? 그러니까 내가 훨씬 더 강렬한 기억을 남겨줄게……."

주섬주섬 옷을 벗은 샤로는 침대에 앉아있는 루이샤를 밀어 넘어뜨렸다. 그러고는 분홍색의 입술을 내밀어 키스를 나누기 시작했다.

동시에 손을 뻗어 루이샤의 몸 여기저기를 쓰다듬기 시작했다.

"자, 잠깐, 거기는……."

"처음에는 일방적으로 당했지만, 이제는 그렇게는 안 될걸? 이쪽으로도 경험을 쌓아서 꽤 강해졌거든."

샤로는 루이샤의 약점을 공략해 나갔다. 그러자 달콤한 쾌감이 끊임없이 치밀어 올랐고, 그 결과 루이샤의 얼굴이 서서히 녹아내리기 시작했다.

"귀여운 얼굴이 됐는걸. 슬슬 그 여자에 대해서 잊어버렸으려나."

"아직……. 조, 조금만 더 해준다면 잊어버릴 수 있을지도……."

"후훗, 말하는 것 좀 봐. 은근히 밝힌다니까."

쭈뼛거리며 계속해 달라고 부탁하는 루이샤의 모습에 샤로는 그만 웃음을 터트리고 말았다. 하지만 한편으로는 기쁘기도 했다. 루이샤가 자신을 바라니까.

"어쩔 수 없네. 그러면 전부 잊어버릴 수 있도록 잔뜩 괴롭혀줄 게. 자, 혀를 내밀어……."

"응……."

두 사람의 달콤한 밤은 이제 막 시작되었을 뿐이었다.

"젠장, 젠장, 젠장……!"

루이샤와 샤로가 왕도에 도착했을 즈음, 엘레나는 떠들썩한 밤거리를 걸어가고 있었다.

걷어차인 턱이 욱신욱신 쑤셔왔다. 그리고 그때마다 자신을 패배시킨 분홍 머리 소녀의 얼굴이 떠올라 짜증이 치솟았다.

샤로의 공격에 맞아 기절했던 엘레나는 타고난 터프함으로 금세 정신을 차렸다.

조금만 더 늦어졌으면 상업국의 경비병에게 연행당해 버렸겠지만 아슬아슬하게 깨어난 덕분에 경비병을 힘으로 뿌리치고 상업국에서 탈출할 수 있었다.

현재 엘레나가 있는 장소는 상업국의 남쪽에 있는 '법왕국 아르테미시아'의 한 마을이었다.

참고로 루이샤 일행의 거점인 엑사도르 왕국은 상업국의 북쪽이다. 즉, 엘레나는 루이샤와 정반대로 향한 셈이었다.

"그 분홍색 여자는 반드시 죽이겠어……. 각오해!"

분노로 주먹을 부들거리는 엘레나. 이만한 분노를 느껴본 적은 태어나서 처음이었다.

"지금 이러는 동안에도 루이샤는 그 여자한테 더럽혀지고 있겠지……. 용서 못 해……."

질투의 불꽃에 잠식당한 엘레나의 눈빛은 제정신이 아니었다.

지나가던 사람들도 그녀의 모습에 겁을 먹고 피하기에 바빴다. 하지만 그중에 한 명, 엘레나에게 말을 거는 자가 있었다.

"잠시 괜찮으실까요, 아가씨?"

말을 건 인물은 착 달라붙는 정장 차림의 남성이었다.

나이는 20대 중반 정도일까. 멋들어진 아프로헤어와 뾰족하게 튀어나온 두 개의 뿔이 인상적이었다.

"……당신, 수인이야? 수인이 나한테 용건이지?"

"너무하셔라. 법왕국에서 차별 발언은 중죄라는 것 아십니까?"

"알 게 뭐야. 그럼 밤중에 헌팅하는 건 합법이고?"

엘레나가 비꼬듯 대꾸했지만 수인 남성은 불쾌한 내색조차 보이지 않았다.

"후후, 신랄하신 분이군요. 하지만 이쯤은 되어야 말을 건 보람이 있지요."

"답답한 녀석이네. 빨리 용건을 말해."

엘레나의 짜증 섞인 목소리에 남성은 서둘러 자기소개를 시작했다.

"이거 실례했습니다. 제 이름은…… 그래요. 쉽이라고 불러주시기를 바랍니다. 길 잃은 어린 양을 인도하는 자입니다."

"……수상해. 당신하고 할 얘기는 없어. 난 피곤한 몸이야. 그럼 이만."

엘레나는 쉽을 뒤로하고 다시 걸어가기 시작했다. 그러자 쉽이 그녀의 등 뒤에 대고 말을 걸었다.

"증오스러운 상대…… 그리고 되찾고 싶은 사람이 있으시군요. 아닌가요?"

엘레나의 걸음이 뚝 멈추었다.

이윽고 엘레나는 엄청난 기세로 되돌아와 쉽의 멱살을 잡았다.

"너…… 그걸 어떻게 알았어?"

엘레나의 엄청난 악력으로 멱살을 붙잡혔건만, 쉽의 표정은 여전히 태연하기만 했다.

"후후, 저는 목사거든요. 고민을 끌어안고 계신 분을 수천 명은 지켜봤죠. 그래서 당신이 무슨 고민을 하시는지 손에 잡힐 듯 보인답니다. 그리고 저라면, 아니, '저희'라면 당신을 구원해 드릴 수가 있습니다."

"나를 구원한다고……?"

수상하다는 듯이 되묻는 엘레나에게 쉽은 자신감에 찬 목소리로 대답했다.

"예. 이렇게 보여도 저는 거대 조직의 고위 간부거든요. 만약 당신이 저희를 도와주신다면 그 보답으로 당신의 고민을 해결해 드리도록 하겠습니다. 혼자서는 해결할 수 없는 문제도 저희의 힘이 있다면 해결 가능할 테지요. 전투는 결국 물량 싸움. 막대한 세력을 자랑하는 저희를 당해낼 자는 존재하지 않는답니다."

엘레나는 고민했다.

눈앞의 인물은 명백히 수상했다. 평소 같았으면 들은 체도 하지 않았으리라. 하지만 루이샤를 만나고, 눈앞에서 놓쳐버린 현재 엘레나는 몹시 초조해져 있었다. 수상한 남자의 제안을 수락해 버릴 정도로.

'……최악의 경우 힘으로 제압하고 빠져나오면 되겠지. 마음껏 이용해 주겠어.'

엘레나는 그렇게 결론을 내리고 쉽의 제안을 받아들이기로 했다.

"알겠어. 당신의 제안을 받아들일게."

"오오, 당신이라면 반드시 수락해 주시리라 믿었습니다! 이것이야말로 신의 인도! 훌륭한 결단이십니다! 그러면 곧장 저희의 거점으로 안내해 드리겠습니다."

쉽은 기뻐하며 발걸음을 옮기기 시작했다. 한편 중요한 것을 빼먹었다는 사실을 깨달은 엘레나는 그의 등에다 대고 물었다.

"이봐, 그런데 당신네 조직의 이름이 뭐야?"

"오오, 그렇지! 말씀드리는 것을 깜빡했군요."

엘레나를 돌아본 쉽은 만면에 미소를 지으며 질문에 대답했다.

"저희 위대한 조직의 이름은 창세교! 분명 당신의 마음에도 쏙 드실 겁니다!"

후기

'마룡무쌍' 2권을 구매해 주셔서 감사합니다. 저자인 쿠마노 겐코츠입니다.

1권부터 읽어주신 분, 다시 만나서 반갑습니다.

2권부터 읽어주신 분, 상식에 얽매이지 않는 당신을 존경합니다.

농담은 접어두고, 실은 편집부로부터 이번 후기를 10페이지나 작성해도 된다는 말을 들었습니다. 하지만 딱히 적을 내용이 없기에 이렇게 인사말이나 늘어놓는 실정입니다.

독자를 기쁘게 하려면 이 페이지에 어떤 내용을 써야 할까요? 아시는 분들은 팬레터에 적어서 출판사 주소로 보내주시면 감사하겠습니다. (강조)

쓸데없는 잡담은 여기까지 하고, 이번에는 이 책이 여러분의 손에 도달하기까지의 과정을 이야기해 보고자 합니다.

이 작품이 서적화 제의를 받은 것은 2020년 4월이었습니다. 벌써 1년이 지났군요. 그런데 마침 그 무렵부터 그 바이러스가 일본에 유행하기 시작했습니다. 자택 근무며, 원격 수업과 같은 표현이 사회에 침투하고 있는 가운데, 이 책의 작업도 그 영향을 강하게 받았습니다.

담당 편집자님과의 조율은 전부 채팅이나 통화를 통해 이루어졌고, 저는 한 번도 출판사를 방문해 본 적이 없었습니다.

그래서 편집자님, 일러스트를 그려 주신 나모나시 님, 기타 도움을 주신 관계자분들과도 얼굴을 마주한 적이 없습니다. 그런데도 이렇게 한 권의 책이 완성되고, 독자분들께 전해지다니 굉장히 신기한 기분입니다.

인터넷상의 교류만으로 이렇게 하나의 작품이 탄생할 수 있다는 것은 정말 대단한 일이라고 생각합니다. 인터넷의 힘은 위대해요. 여러분도 위대한 인터넷의 힘을 이용해서 '마룡무쌍'의 추천 리뷰를 써주시길 바랍니다!

……슬슬 10페이지쯤 되지 않았을까요? 물론 한참 멀었습니다……. 애초에 후기를 10페이지나 적으면 독자분들이 질색하지 않을까요. "이 자식, 쓸데없는 내용을 10페이지나 할애해서 쓰다니"라는 목소리가 들려오기 시작한 것 같으므로 이쯤에서 글을 마치도록 하겠습니다.

마지막으로 감사의 말씀을 드리고자 합니다.

먼저 이 작품을 구매하고 읽어주신 독자분들께 감사를. 앞으로도 즐겁게 읽으실 수 있는 이야기를 열심히 써나갈 테니, 믿고 따라와 주신다면 더할 나위 없이 감사하겠습니다.

그리고 이번에도 엄청나게 귀엽고 멋진 캐릭터를 그려주신 나모나시 님, 감사합니다. 고되고 힘든 서적화 작업 중에서 일러스트를 받아 보는 순간만이 제 행복입니다. 정말로 감사합니다.

그리고 저 같은 생초보 작가와도 끈기 있게 어울려 주신 편집자님, 감사합니다. 예상하셨으리라 생각하지만 10페이지는 무리였습니다. 용서해 주세요. 제발 때리지만 말아 주세요.

마지막으로 이번 작품에 애써주신 다른 관계자분들께도 감사의 말씀을 올리면서 후기를 마치고자 합니다.

　다시 만날 날을 기대하고 있겠습니다!

まりむを
02巻!!
お買いあげ
ありがとう
ございます!!!

*마룡무쌍 2권! 구매해 주셔서 감사합니다!!

なもなし♡
無望茶志
*나모나시

つか来るかもしれない
水着回に向けて…。

젠가 연재될지도 모르는 수영복 편을 대비해서….

THE BOY TRAINED BY THE DEMON KING AND THE DRAGON KING,
SHOWS ABSOLUTE POWER IN SCHOOL LIFE Vol.02
©2021 Genkotsu Kumano
First published in Japan in 2021 by OVERLAP, Inc.
Korean translation rights reserved by Somy Media, Inc.
Under the license from OVERLAP, Inc., Tokyo JAPAN

마왕과 용왕에게 단련 받은 소년이 학교에서 무쌍한 모양입니다 2

2022년 2월 15일 1판 1쇄 발행

저   자 쿠마노 겐코츠
일 러 스 트 나모나시
옮 긴 이 마일도
발 행 인 유재옥
본 부 장 조병권
편 집 1 팀 김혜연 박소연 이준환
편 집 2 팀 박치우 정영길 조찬희
편 집 3 팀 곽혜민 오준영 이해빈
라이츠담당 이승희 한주원
디 지 털 박상섭 이성호 최서윤
미   술 김보라 박민솔
발 행 처 ㈜소미미디어
인쇄제작처 ㈜코리아피엔피
등   록 제2015-000008호
주   소 서울시 마포구 토정로222, 403호 (신수동, 한국출판콘텐츠센터)
판   매 ㈜소미미디어
마 케 팅 박종욱
전   화 (02)567-3388, Fax (02)322-7665

ISBN 979-11-384-0749-6
ISBN 979-11-384-0525-6 (세트)